康巴作家群书系（第四辑）

东珠瑙布诗文集

东珠瑙布　著

作家出版社

为"康巴作家群"书系序

阿 来

　　康巴作家群是近年来在中国文坛异军突起的作家群体。2012年和2013年，分别在四川文艺出版社和作家出版社出版了"康巴作家群"书系第一辑和第二辑，共推出十二位优秀康巴作家的作品集。2013年，中国作协、中国社科院少数民族文学研究所、中国少数民族作家学会等在北京联合召开了"康巴作家群作品研讨会"，我因为在美国没能出席这次会议。2015年和2016年，"康巴作家群"书系再次推出"康巴作家群"书系第三辑、第四辑，含数十位作家的作品。这些康巴各族作家的作品水平或有高有低，但我个人认为，若干年后回顾，这一定是一个重要的文化事件。

　　康巴（包括四川省的甘孜藏族自治州、西藏的昌都地区、青海的玉树藏族自治州和云南的迪庆藏族自治州）这一区域，历史悠久，山水雄奇，但人文的表达，却往往晦暗不明。近七八年来，我频繁在这块几十万平方公里的土地上四处游历，无论地理还是人类的生存状况，都给我从感官到思想的深刻撞击，那就是这样雄奇的地理，以及这样顽强艰难的人的生存，上千年流传的文字典籍中，几乎未见正面的书写与表达。直到两百年前，三百年前，这一地区才作为一个完整明晰的对象开始被书写。但这些书写者大多是外来者，是文艺理论中所说的"他者"。这些书写者是清朝的官员，是外国传教士或探险家，让人得以窥见遥远时的生活的依稀面貌。但"他者"的书写常常导致一个问题，就是看到差异多，更有甚者为寻找差异而至于"怪力乱神"也不乏其人。

而我孜孜寻找的是这块土地上的人的自我表达：他们自己的生存感。他们自己对自己生活意义的认知。他们对于自身情感的由衷表达。他们对于横断山区这样一个特殊地理造就的自然环境的细微感知。为什么自我的表达如此重要？因为地域、族群，以至因此产生的文化，都只有依靠这样的表达，才得以呈现，而只有经过这样的呈现，才成为真正意义上的存在。

未经表达的存在，可以轻易被遗忘，被抹煞，被任意篡改。

从这样的意义上讲，未经表达的存在就不是真正的存在。

而表达的基础是认知。感性与理性的认知：观察、体验、反思、整理并加以书写。

这个认知的主体是人。

人在观察、在体验、在反思、在整理、在书写。

这个人是主动的，而不是由神力所推动或命定的。

这个人书写的对象也是人：自然环境中的人，生产关系中的人，族群关系中的人，意识形态（神学的或现代政治的）笼罩下的人。

康巴以至整个青藏高原上千年历史中缺乏人的书写，最根本的原因便是神学等级分明的天命的秩序中，人的地位过于渺小，而且过度地顺从。

但历史终究进展到了任何一个地域与族群都没有任何办法自

外于世界中的这样一个阶段。我曾经有一个演讲，题目就叫做《不是我们走向世界，而是整个世界扑面而来》。所以，康巴这块土地，首先是被"他者"所书写。两三百年过去，这片土地在外力的摇撼与冲击下剧烈震荡，这块土地上的人们也终于醒来。其中的一部分人，终于要被外来者的书写所刺激，为自我的生命意识所唤醒，要为自己的生养之地与文化找出存在的理由，要为人的生存找出神学之外的存在的理由，于是，他们开始了自己的书写。

正是从这个意义上，我才讲"康巴作家群"这样一群这块土地上的人们的自我书写者的集体亮相，自然就构成一个重要的文化事件。

这种书写，表明在文化上，在社会演进过程中，被动变化的人群中有一部分变成了主动追求的人，这是精神上的"觉悟"者才能进入的状态。从神学的观点看，避世才能产生"觉悟"，但人生不是全部由神学所笼罩，所以，入世也能唤起某种"觉悟"，觉悟之一，就是文化的自觉，反思与书写与表达。

觉醒的人，才是真正的人。

当文学的眼睛聚光于人，聚光于人所构成的社会，聚光于人所造就的历史与现实，历史与现实生活才焕发出光彩与活力。也正是因为文学之力，某一地域的人类生存，才向世界显现并宣示了意义。

而这就是文学意义之所在。

所以，在一片曾经蒙昧许久的土地，文学是大道，而不是一门小小的技艺。

也正由于此，我得知"康巴作家群"书系又将出版，对我而言，自是一个深感鼓舞的消息。在康巴广阔雄奇的高原上，有越来越多的各族作家，以这片大地主人的面貌，来书写这片大地，来书写这片大地上前所未有的激变、前所未有的生活，不能不表达我个人最热烈的祝贺！

文学的路径，是由生活层面的人的摹写而广泛及于社会与环境，而深入及于情感与灵魂。一个地域上人们的自我表达，较之于"他者"之更多注重于差异性，而应更关注于普遍性的开掘与建构。因为，文学不是自树藩篱，文学是桥梁，文学是沟通，使我们与曾经疏离的世界紧密相关。

（作者系四川省作协主席，茅盾文学奖获得者，这是作者为"康巴作家群"书系所作的序言）

惊叹的符号　动感的心音

格桑多杰

东珠瑙布邀我为他的专集作序，实不敢当，我所写的《序》，只是我阅读了他的诗歌专集清样后的点滴感受和浅见。

大地回春，满目春色，已感春风扑面。经冬雪连降之后，一场喜雨洒落，沉静中寒气散退，万物润醒。因春的气息渐浓，心情格外舒畅。恰在此时，传来新作喜讯，东珠瑙布的诗文专集即将付梓，着实令我喜出望外。当我一首首翻阅完专集的清样后，就情不自禁地遥想起梦幻般的格拉丹冬主峰的雄姿，三江源水的清澈，三江诗画的源泉，宛如三条横空的蛟龙舞游腾跃。古老牧乡日新月异，在蓝天白云下那样的和谐美丽。热爱生活的三江源人民处处展现着一派奋发气势，将这一切美好托付于崇山峻岭，永久地收藏着。

诗人东珠瑙布的诗集与他的淳朴情感，使我触摸到一串串光泽皎洁的珍珠滚动似的亮点，这惊叹般的符号、内涵动感的声音、颤抖的心脏，搅起我的思绪，引我步入一条条思索的长河而不休。

黄河之水天上来。三江源之水是孕育古今众多歌者、诗人的天际琼浆。东珠瑙布将多年积累的诗歌作品整理成专集，并非偶然，其间有甘甜与酸苦相掺，有露珠与寒雪相伴，他就是在这样的欣然与体味中行走在文学创作的道路上。

光阴荏苒，恰逢改革的时代，百业待兴，社会经济、社会文明的建设发展，拓开了前所未有的广阔空间。此时，东珠瑙布再也难以沉静，他同样融入了改革年代的劳动和工作，无不获得丰富的直感直觉，分享着阳光的温暖，切实感受到时代倾注的新的焕发力。千姿百态的生活赋予了他更加向上的审美观、激励与启迪，对周围的事物有了新的理解，于是不拘于狭窄的思维方式，让探索的灵感拓向宽广的疆域，远离无聊，远离惰性，珍重年华，富于满腔情愫，试掘一片亘古荒原，捕捉生活的新弦音，以寄托心志。人生的价值莫过于参与有社会意义的多样性的生活实践，自觉地分担一份社会文明建设和传播的责任。为此，他并非清闲地"调素琴""阅金经"而虚度安日。恰恰相反，他宛如一叶急流中的小舟破浪远行。诗是诗人情感的涌泉。换句话说，诗是人们在真切认识生活的同时，形象思维飞跃的一种境界。人格为先，东珠瑙布是一个精神可贵、不甘平庸的人，他的诗作是他人生审美的体现，具有自己的写作形式和特点。如《人间的天堂在哪里》，这首诗的写作形式是通过抽象的提问与细腻的回答"天堂"在故乡来完成艺术效果的："要问人间的天堂在哪里/我说人间的天堂就在三江源/千山之宗哟/万水之源哟/这里是蓝天的故乡/这里是白云的故乡/……长江流呀流/流淌着中华不屈的精神……/长江摇呀摇/孕育出中华五千年的文明/……黄河流呀流/流淌着中华擎天的自尊/……澜沧江流呀流/把崛起的民族屹立于世界之林"。在这里他以畅抒胸臆的激情，用"流""摇"两个动词来描述江河日夜汹涌澎湃的震撼力，给人一个个印象深远的江河形象。江河源百川竞流，遥程深远，展现了中华大地的雄壮气势，赞美了故乡，赞美了中华儿女的自强和托举的历史文明。"太阳的圣地"一句，概括了母亲河的伟大孕育，意味隽永。再读《赌瘾》，这首诗的创作立意与诗情起伏，句句恳切痛心，行行入木三分，可谓撕肺裂胆。作品开门见山，敞开胸襟，"我痛心"，以第一人称表达出真诚的忠告。诗人出于社会的责任感，面对社会阴暗角落处尚有病态的灵魂，"濒临死亡"，发现这里急切需要扶救，需要帮助，需要呼喊。整篇横穿"挽救"的感情，诗行句辞用得清明、纯真、善良、肯切，掏出心来劝说，像是冬夜的火光，热暖对方的心颗。从诗句的排列结构看，层次严谨，环环相扣，情绪跌宕起伏，诗句深沉而又磊落明晰，诚挚殷切而发于胸臆。以第二人称"你"来叙述，恰如破心忠音："……你炯炯的大眼/被赌瘾熏染得失去光泽/你壮美的体魄/被赌瘾侵害得虚弱憔悴/你坚实的信念/被赌瘾吞噬得无形无踪……"指明赌瘾危害不堪设想，将以毁灭信念而告终，成为人生的悲剧，即灵魂灭亡。接着肯切地对面临危险的人说："我诧异/你用心血换来的银钞/被几十张纸牌左右得失去自由/在轮流交替的主子手里——变味、变质/我痛心/你高贵的生命/就这样的在小小四方桌旁……/大截、大截地流逝/我遗憾/赌瘾使你走火入魔……/我担心/一个视赌博为唯一的人/会是什么样的结局……/我劝告/我亲爱的人呀/请你告别赌瘾/从赌瘾的黑洞中/勇敢地走出来吧！"诗人是社会的一员，又手执诗笔，在社会责任感的驱动和正义公德的迫使下，他自然有了"我诧异""我痛心""我遗憾""我担心""我劝告"的表述。无须有这样的心痛么？假如有人在我们身边失足而造成生命危机，你能熟视无睹，不问不闻吗？必定要千方百计去营救，这就是社会的责任，也就是作为社会一员的诗人不可推卸的使命。诗人应当关注社会文明的进步与发展，积极热情地参与和谐社会的建设。"赌瘾"者走火入魔时，"忘记了年幼儿女/望眼欲穿的期盼/忘记了患病妻子/心急火燎的等待/忘记了白发高堂/牵肠挂肚的思念……"铤而走险，无不令人伤感。由于诗人的公德所致，不惜用了大量笔墨，表达了社会、家人、亲友希望染上赌瘾的人走出险境、悔过自新的真情实感。这里满目春光，充满了包容、宽厚的理智和关爱，体现了人与人之间的相助相救、关爱和谐。这就是一种美与善的力量。

再如《生命的爱河》："你一个关爱的语气/叫我感动万分/你一个轻微的笑容/让我兴奋不已/不知是你掏走了我的心/还是我把爱河都流向了你/……"诗人的情感难以平静，使澎湃的激情进一层抒发，"一个平常的话语/一个普通的眼神/都那样让我在乎/……滚烫的心语/永远伴随我的生命"。诗人的激情仍在沸腾，于是渴求"我多想/亲近的生活/永远没有忧伤"。在我们的社会交往中，平易待人、处事理智、互敬互重，占有多么重要的分量。彼此间的一句问候，一个眼神，一次手势等等，都传递着人间真情。一个人在复杂而多方位、多层次、多侧面的现实生活、交往中，刻求少一点烦恼，多一点欢乐，少一份忧伤，多一份爽快，是一种基本的人生追求。人与人之间的关爱、尊重、善待是崇高的，也是可贵的。在社会的生活中减少冷漠，消除白眼，添增爱的碧绿、春的暖流，也就有了神奇的力量。人们的"话语""眼神""手势"应是播种美的种子、爱的收获。一位哲人说过"偏见与理智两者中，应选择理智的光亮"。《生命的爱河》以小见大，诗意淳朴，语言简洁，见微知著，感情充沛，含意甚远，必生美感，写法不落窠臼，可谓平凡而不浅薄。

以上是我的所思所感，是为序。如有失处请多指正。

（作者系原青海省人大副主任、著名藏族诗人）

诗歌不是无情物

王贵如

认识东珠瑙布已经好几年了，但是，在看到他的诗集清样之前我确实不知道，东珠瑙布还是一个诗人，一个在本职工作之余醉心于读诗、写诗的人。当物欲横流、物质消费的膨胀到处泛滥，很多人在世俗和流风的猛烈撞击之下，已经茫茫然不知所向的时候，东珠瑙布先生能够依然保持对诗歌、对文学的爱好，能够依然关注精神生活，关注心灵与生存的现实，不用说，是难能可贵的。

诗歌是诗人感悟生活、表现自我、关照世界的独特艺术形式，其特别之处不仅在于语言的凝练和意境的考究，更重要的则是作者感情的真挚。历史上那层出不穷的应制诗、酬唱诗、节庆诗等等之所以鲜有佳作，原因就在于作者的迎合拍马、逢场作戏、言不由衷。

东珠瑙布的诗歌吸引我的地方首先在其字里行间所流淌着的那么一种不虚饰、不矜夸、不矫揉造作的真情实感。无论是对爱情的讴歌，对人生意蕴的揭示，还是对普通劳动者的礼赞，作者显然都捧出了一颗真心。当造假作秀在我们的政治生活、经济生活和文化生活中还时有所闻、时有所见的时候，这种不掺假的感情、这种真诚的倾吐，不能不令人为之心动。如今网络上正在流行一种由写诗软件"造"出来的诗。据说，这类诗一问世还受到不少人的青睐。我不知道这是诗歌的进步还是诗歌的悲哀，但我敢肯定，这样的诗一定是无情的、冰冷的、不食人间烟火的，也是与东珠瑙布的诗不可同日而语的。

从艺术的角度看，东珠瑙布的诗也不乏出色出彩之处。浅显朴素、不事雕琢就是其诗的一大特点。诗歌创作无疑应该鼓励探索、鼓励创新，包括对一个时期颇有争议的先锋朦胧诗，都不宜一概否定、一概排斥。然而，对于那些存心要写谁也看不懂的诗（诗人声称他的诗"是写给下一代读者的"）的说法和做法我一向不敢苟同。诗人可能有孤芳自赏的习惯也应该有孤芳自赏的权利，可诗人不能忘了，任何艺术创作都必须得有受众支持，也必须在当代找到读者。我相信，东珠瑙布的诗是有读者的，他不会因其内容晦涩、意象模糊使人不知所云而曲高和寡。当然对于浅显平白，也有一个度的把握问题。一味地追求浅显，也许会妨害诗的含蓄、诗的深度；一味地追求平白，也有可能导致诗的直白粗糙。在这一点上，我愿东珠瑙布有更细的揣摩、更深的体悟。

构思巧妙，意象的选择颇具匠心，是东珠瑙布诗作的又一特点。比如说，《你的秀发》一诗，就自始至终地着眼于所爱者的一头秀发："你的秀发/是飞流的瀑布/从飘进我的眼里起/就势不可挡地/冲破了我的心坝……你的秀发/是纯净的清波/浸透我的肺腑/你的秀发/是撩心的微风/轻拂我的灵魂"。没有取其一点的构思和一唱三叹的吟咏，恐怕也不会有这样缠绵不尽、回旋往复的诗情和诗味。再比如《雪》这首诗："在一个寒冷的季节/雪/深深地/爱上了土地/于是/如漆似胶地/与土地/相拥了一冬/……给土地留下了万紫千红的后代"。咏雪的诗不少，但这样写雪，还真是有点别出心裁。孤立地看，其中的每一个句子，似乎都不太像诗，但把这些句子合在一起，却又显得很有诗意。由于各种复杂的原因，诗歌目前很"弱势"（不只是诗歌其他文学品种也大致如此），也好像很难重现当年"黑夜给了我黑色的眼睛，我却用它寻找光明"一类的文学辉煌。即便如此，我仍然坚定地认为，只要有东珠瑙布这样喜爱诗的人存在，诗坛就不会荒芜；人只要有情感，有心灵与精神的追寻，诗歌就不会死，好诗就会一代一代地流传下去。

（作者系原青海省广播电视厅厅长、著名作家）

人间自有真情在

胡家虎

　　原来周志强即东珠瑙布。想不到站在我眼前，且与之耳鬓厮磨、厮混多日的"周县"，竟是一个才华横溢、神采飞扬、集摄影与作诗一体的大家，一位从雪山走来，激情似火，柔情与热肠兼蓄的康巴汉子。如一泓清泉，一缕春风，浸润得我心境顿开，难以割舍。在物欲横流、人心冷漠的时今，能碰到如此坦诚、淳厚、厚道的"大家闺秀"实乃机缘，实乃难得。要不怎么会在握手一别的瞬间，在一路返宁的雪天，能默然无语，思绪与神情仍定格在同其淡淡相处的日子里，定格在他那淳厚安全的面孔上，定格在他那默默无语、勤耕细作的"倩影"上。平日精彩洒脱的喉舌一时显得苍白语塞，只能默诵"与君离别日同是宦游人，海内存知己天涯若比邻"，以此来排遣心中的惆怅与寂寞……

　　他的照片，就是一幅画，就是一首田园交响乐，将你带入清幽绝俗、阔壮无比的仙道净地，去领略那"清水出芙蓉，天然去雕饰"的江河、长云、大湖、晚霞和泥土的英雄们……在"一摁一闪"之间，尽情抒发着自己对人生、对万物的仰慕与赞美，倾吐着常人难以把捉的豪情与悲歌，咏叹着对生活与友人的痴情与挚爱。既给人以纵洒奔放感，亦给人以暗香浮动感。在充分享受天地谐善的同时，心灵也一寸寸得到洗礼净化。透过这一幅幅静态的画面，我仿佛听到了他铿锵如岳的心动，仿佛看到了他精神世界的意境高远，仿佛看到了他思想深处的灵光喷涌，以及跨越时空的纵横驰骋。我深深地被他的造化所感染，所触动，所折服，也抚摸到他把缕缕情思托付长云、寄与蓝天的匠心独运。这一切都缘于他用心灵与大地对话，用真情与江河互动。

他的诗歌，犹如他的面孔，是那样的直白而不隐半点，是那样的绵厚让人回味无穷，是那样的坦然让人心醉神往。如大气磅礴的大江长河，盼着他缓缓而来，又不忍心让他悠悠而去，情不自禁地想把他揽入怀中，细品慢研，透过这一首首撩人心魄的诗与歌，我看到了"他的魂，已附在生活的肉体上"，要不，怎么会有"在相别的日子里总是那样魂不附体"的千古绝唱，怎么会有"生命是一条河"的非凡体悟和理解，怎么会有"四十岁的我是一张空白的纸"的仰天长啸……"一竖一横"间，闪烁着他对大地、对亲友、对生活的灵动与挚爱，以至通过"你的秀发""与你同行""牧放"等，来抒发自己"犹豫的眼神"和"责任"；既有"想你的时候"那样的热切和急迫，也有目睹"赌瘾""小鸟的悲戚"后"无须为失恋懊丧"的"感觉"和"渴望"；既有对现实生活中"窝与墓""给虚荣的人"的诅咒和鄙视，也有《天边的流响》传播的"雪域歌舞礼赞"的酣畅和恬静。总之他把自己对人生、对社会的理解和感悟，通过每一组音符，每一行诗句，无拘无束地尽情吐洒，似乎只有这般，他才能心静气闲，才不愧于雪水滋润和神山熏陶。古人云诗言志。我以为她还蕴涵着作者的品行和志向，真是通过这一颦一笑，我读懂了东珠瑙布即周志强气势如"虹"的追求与向往，也聆听到他"用心灵去体验人生，用真诚去礼赞生命"的滔滔心声，将"自信人生二百年，会当水击三千里"的情怀，赋之一个苦行僧，坚守操行，不为名利所动，不为浮躁所染，甚至甘为人梯，不惜"我是你忠实的靶"，任人踩着肩膀走向高处……掩卷思忖，我为他的过于"守望"而伤神，雪落无声，岁月有痕。人们在刻意追求真、善、美的旅途上，只愿意将目光投向远方，却浑然不知，蓦然回首间，这苦苦寻觅的"她"，就在自己的身旁，就在起起落落的人流中。正是这些看似平凡，实质伟大的芸芸众生，用自己稚嫩的肩膀，扛起了不屈不挠、勇往直前的大旗，才使得我们的民族熠熠生辉，风采灼人。当你读罢东珠瑙布的诗章，你就会觉得他就是这芸芸众生中的一员，就是这出淤泥而不染的一位"一品大员"。正因为如此，他才有如此这般的浓浓人脉，才让人敢于放胆与他交握——"与你同行"。

　　纵观泱泱大史，人世间可能什么都会变，唯独真情不会变。我以为，这是人类生生息息、起伏跌宕的腾跃之魂，是人们应该孜孜追求的真真天堂。

　　　　握着你的手，把温暖相互传递。
　　　　握着你的手，让友爱相互牵连。

　　　　　　　　　　（作者系原海西州政协副主席、著名作家）

目录

第一辑

心语

阿妈的爱

当第一次
在地球的声波里，
传出我的啼声起，
阿妈便用心
为我编制了温暖的襁褓。

从此，
在一片爱的沃土上
成熟着我的生命。

是阿妈伟大的生命，
殷实着我弱小的身躯，
在我生命的躯体里，
澎湃着阿妈无私的心血。

阿妈是河，阿爸是山

——写给我已故的父亲和母亲

当我

刚刚落地的时候

有一条河

就潺潺地

流淌在我的心里

从此

我吮饮着

甘甜的乳汁

在阿妈

温暖的襁褓里，长大

噢

是阿妈

赐给我生命的内涵

跋涉的勇气

任我

智慧的骏马

在草原上

自由地奔腾

在我

刚刚降生的时候

有一座山

就威严地

耸立在我的心头

从此

我背靠着

坚实的大山

在阿爸

力量的怀抱里，成长

噢

是阿爸

赋予我男人的气质

丰腴的翅膀

任我

理想的雄鹰

在蓝天上

骄傲地飞翔

朝 圣

——那一日，病魔从我们的身边夺走了敬爱的母亲，于是我捧着母亲的骨灰，携妻带儿，走上了朝圣的路。

从三江源头，
到雅砻江畔，
揣着思念，
怀着虔诚，
踏上朝圣的路。

白云飘荡
雪山耸立
江河吟唱
……

无限的风光
可是阿妈难舍的情怀？

重叠的山峦
可是阿妈厚重的恩德？

蔚蓝的湖水
可是阿妈博大的爱恋?

阳光下飞翔的雄鹰
可是阿妈不舍的身影?

在这朝圣的路上
我的心里堵满
无限的惋惜
无限的悲哀
无限的眷恋
……

手捧阿妈的骨灰
走进庄严的寺庙
点亮千盏万盏的酥油灯
功德无量的佛祖呀
请保佑阿妈行好天界的路!

手捧阿妈的骨灰
走向神圣的天葬台
叩响无数个等身长头
腾飞灵魂的净地呀
请保佑阿妈建好天界的家!

我的爱妻

一起时，
总嫌你唠叨，
分别后，
你的好处
一件件浮现眼前，
你身体力行
营造我们
家的温馨，
你勤劳淳朴
让我们衣食无忧。
啊，
我的爱妻
我爱你，
我要用歌声感谢你。

一起时，
总嫌你累赘，
分别后，
你的柔情
一幕幕袭上心头，

你忠贞不渝
稳固着我们
爱的甜蜜，
你无私奉献
让我们幸福永久。
啊，
我的爱妻
我爱你，
我要用歌声赞美你。

我的爱人

雄鹰
因为蓝天
而矫健，
雪山
因为太阳
而放光，
江河
因为草原
而欢唱。

哦，
我的爱人，
因为
心里有你，
我才这样
神采飞扬。

苍天
为我
降下你身，

大地
为你
塑造我情。

哦，
我的爱人，
因为
心里有你，
我才拥有
亮丽的风光。

有 你

记忆中有你很美，
思念中有你很甜，
旅途中有你很足，
生命中有你很实。

有你
就有了精神的柴米油盐。

有你
就有了心潮的层层涟漪。

有你
就有了草原的艳美秀丽。

有你
就有了人生的春华秋实。

牧 放

我是一个牧羊儿，
愿你是
牧羊儿的牧人，
把我交给你
牧放，
去体验
白云牧放苍鹰的感受，
走过牧场，
你的世界
便会伸展出
无际的草原。
用憧憬
沐浴鲜嫩的格桑美朵，
用幸福
绽放圣洁的雪莲花。
让我们
在牧放与被牧放的心境中
收获
世界屋脊的阳光。

苍天把你给了我

太阳
把灿烂
给了大地，
苍天
把你
给了我。

从此，
一朵鲜花
在我
心间芬芳。

人世的沧桑中
经过了风雨，
经过了严寒，
然而，
总有一股真诚
温暖着
我的心房。

是月亮的溢光
沐浴了我，
我的灵魂
才这样明澈。

是滚烫的热望
激活了我
浑身的血液，
我那沸腾的心潮
才这样奔放。

何须在乎
人生的沉浮，
用心灵
去体验人生，
用真诚
去礼赞生命，
才是幸福的
真正升腾。

怀 旧

多少次
踏上熟悉的小径，
那丛生的杂草
虽已覆盖
我们曾经的脚印，
心中的足迹
却常在这里延伸。

多少次
独坐熟悉的河畔，
那江河的涛声
虽已吞没
我们曾经的心语，
心灵的语言
却常在脑海回荡。

你是我大脑中定格的思维

你是我大脑中定格的思维，
无论我思绪的翅膀飞得多高，
你都萦绕在我的脑海。

你是我历程中必备的行装，
无论我
生命的帆船驶向何方，
都有你相伴的音容。

因为你，
我的思想才有了专注。

因为你，
我的心灵不再孤独。

因为你，
我的生活充满了色彩。

孤独时，
我采撷你的真诚。

失意时，
我拥抱你的热情。

气馁时，
我汲取你的鞭策。

成功时，
我融入你的祝福。

啊，
有了你
我才有了幸福的港湾。

生命的爱河

你一个关爱的语气，
叫我感动万分。
你一个轻微的笑容，
让我兴奋不已。

不知是你掏走了我的心，
还是我把爱河都流向了你。
一个平常的话语，
一个普通的眼神，
都那样让我在乎。

我多想
滚烫的心语
永远伴随我的生命。

我多想
亲近的生活
永远没有忧伤。

即使生命之河流尽，

爱

也就没有什么遗憾了。

我是你忠实的靶

你的箭囊里，
装满了各式各样的箭镞，
悲伤时
你把痛苦之箭射向我；
失落时
你把犹豫之箭射向我；
激动时
你把亢奋之箭射向我；
愉悦时
你把欢乐之箭射向我；
愤慨时
你把愤怒之箭射向我……
噢，
不管你的箭有千支万种，
我都是你忠实的靶。

感 觉

　　题记：最初的感觉那样美好，还想过要去经受
岁月的磨砺吗？

最初的感觉
如阿妈的甜乳
噙在嘴里

你、我
是世间
两尊立石
任岁月的刀
不停地雕琢

风带我们远行
星载我们高翔

目光和目光对接
心是那样的透明
心与心交流
目光是那样的深远

让时光洗礼
我们会更成熟
让岁月雕塑
我们会更真实

你的歌

像吮奶一样
品味歌,
像吃饭一样
咀嚼歌,
像交人一样
感受歌。

当你的歌,
像蜜一样
灌满
我的心田时,
我的情绪,
在大山深处
激荡。

当你的歌,
像血液一样
渗透
我的身体时,
我的心潮

在遥远的地方
澎湃。

啊，
你的歌，
是我
生命的激情，
你的歌，
是我
精神的养分，
你的歌
是我
痒心的思念。

你的秀发

你的秀发
是飞流的瀑布，
从飘进我的眼里起，
就势不可挡地
冲破了我的心坝。

那锃亮的乌黑，
是世上最耀眼的光泽，
那飘逸的洒脱，
是人间最醉心的风景。

是母亲
为你缔造了生命，
是上苍
为你赋予了美丽。
你的秀发哟，
连接着你吉祥的命运，
编织着你多彩的人生。

啊，

你的秀发
是纯净的清波
浸透我的肺腑，
你的秀发
是撩心的微风
轻拂我的灵魂，
你的秀发
是无瑕的翡翠
染绿我的心境。

你

亭亭玉立的你
是来自
天界的仙女吗
为什么
你的出现
让我如此心潮起伏
你那朝霞似的脸庞
是光耀人间的色彩
那漫天的霞光哟
已深染我的心际

啊
感召我心灵的布莫啦
我要采一束阳光
装扮你的美丽
愿莲花铺就的祥路
为你伸展一生的幸福

不 敢

不敢
想你的音容，
你的音容
是投入心海的石粒，
总会让我心潮澎湃。

不敢
想你的倩影，
你的倩影
是划破黎明的光束，
总会让我心绪缭乱。

草原上
不能没有
鲜花的芬芳，
我的旅程中
怎能没有
你步履的相伴？

蓝天下

不能没有
白云的飘荡，
我的生命中
怎能没有
你深情的呼唤？

走近你

走近你
就拜见了
山泉般的纯心。

走近你
就感悟了
草原般的胸怀。

走近你
就聆听到
天女的妙音。

圣洁的雪莲
是你的倩影，
潺潺的溪流
是你的心音，
行走的月光
是你的芳步。
辽阔的草原
是你的家园。

即使化作大鹏
日行万里，
又怎能飞出
你那比天空
还要辽阔的情怀？

愿你的血脉里
流淌着
康巴藏人的情怀，
愿你睿智的思想里
回荡着康巴人
挥鞭疾驰的马蹄声……

走近你的那一刻

在每一个
流淌的时光里
撷来
雪域净地
多彩的鲜花
用一团
康巴藏人
燃烧的真诚
为你编织
祥瑞的花环
让闪烁在
花环里的光彩
染红
天边的飞云
我的生命
在激扬的色彩里
斑斓

在每一次
焦急的思念中

让心儿
饱蘸激情
纵穿时空
横越山水
去撞击
两颗真诚的心
让诱人的
秀智梅朵（象征爱情的花朵）
尽放雪域高原

让
母亲河的源乳
滋养着她
让
三江源的神灵
护佑着她
让
仓央嘉措悠扬的情歌
感召着她

走近你的那一刻
犹如
两江并流
激荡起欢腾的浪花

恰似
日月同辉

放射出奇异的光芒

心之交融
激发出智慧的河流
在山谷里奔腾不息

假 如

假如树梢
在你窗前沙沙作响，
请默默倾听，
那是我遥远的问候。

假如晚风
拂过你的面颊，
请静静感受，
那是我真情的抚摸。

假如月光
洒落你的窗前，
请安然入梦，
我会用祝福促成你的梦乡。

假如你的思念缠绵
请用星光做笔
请用晚风行书
我会驾着白云飞到你的身边。

常 想 起

常想起
畅游在
你文笔里的亢奋。

常想起
漫步在
你思想里的激扬。

常想起
陶醉在
你容颜里的愉悦。

常想起
洋溢在
你目光里的自豪。

无论沧海桑田,
所有的经历,
都是我生命的歌谣。

无论生离死别，
所有的历练，
都是我生命的内涵。

缘

因为缘分，
我们相知相识；
因为真诚，
我们毫无距离。
请不要
　　让人为的距离，
把真诚的守望隔断；
请不要
　　让时间的皱纹，
把心中的思念凝固。
世间万事万物，
　　——因缘而生，
　　——因诚而圆。

同 行

与你同行，
心是灿烂的阳光；
与你同行，
路是七色的彩虹。
在阳光般灿烂的心境中，
在彩虹般铺就的祥路上，
我们携手同行。

层层的绿林向我们招手，
清清的溪流向我们欢笑。
让我们在大自然
筑造的乐园里
尽情释放我们的快乐。

看，
蓝天容纳了我们的情意，
白云才那样的陶醉。
大地吸收了我们的真诚，
小河才那样的欢腾。

啊，
在与大自然的共鸣中，
我们心连着心同行。

爱你在心里

爱你在心里，
于是，
走到哪里，
爱就形影相随。

爱你在心里，
于是，
心跳的搏击，
便是爱的灵动。

爱你在心里，
于是，
我的心语
是一曲曲动听的歌谣，
河水听了会流泪，
月亮听了会害羞，
太阳听了会灿烂，
大地听了会芬芳。

远离你的时候

远离你的时候，
我把思念
一层层垒起，
雪山
是我思念的叠影，
植根于大地，
伸展于江河。

远离你的时候，
我把思念
一次次放飞，
白云
是我漂浮的思念，
行走在晴空，
弥漫在天际。

啊，
远离你的时候，
任我的思念
在时空中安然地穿梭。

天 意

痴情的云雾
拥不够
雄峰的傲姿，
我
拥不够
你的潇洒。

漫步在
你的情怀里，
心是那样的灿烂。
啊，
这就是天意，
就像苍天安排
我们来到人间。

奔腾的江河
恋不够
雪山的怀抱，
我
恋不够

你的真情。

遨游在
你的深情里，
爱是那样的吉祥。
啊，
这就是天意，
就像命运注定
我们此生相伴。

想你的时候

想你的时候，
去看遍地的鲜花，
我在朵朵鲜花中
寻觅你的倩影。

想你的时候，
去看漫天的彩云，
我在悠悠彩云中
采撷你的灵气。

想你的时候，
去看奔腾的江河，
我在潺潺水声中
倾听你的妙音。

啊，
想你的时候，
万物汇聚着你的音容，
灌满我望穿的双眼。

眼　睛

深闻你
眼底
洋溢的芬芳

聆听你
目光
传递的歌声

欣赏你
睫毛
飘动的舞姿

感悟你
神情
表达的心语

我缺氧的心
在你如山的海拔里
疾走如飞

别 离

别离
在那个
日环食的夜晚

孤独
很重的脚步
踏在心头

别离的人
不再
回头

思念
在一条
曾经
走过的路上
延伸着
揪心的痛
……

今夜无眠

今夜无眠
　　恬静的夜空
　　　　你的身影
　　　　　　从星光中驶来

我为你
　　敞开心怀
　　　　任你撩拨心弦

踏着你的韵律
　　　　我却始终
　　　　　　走不进你的心房

许多美丽的夙愿
　　　　像漫天的繁星
　　　　　　点缀我们的心灵

携手的岁月
　　铺满
　　多彩的鲜花

缤纷的世界里
    编织着
        我们的喜忧与哀乐

用生命
    呼唤
    阳光雨露

面对佛祖
    我祈愿
      归来兮
        人间情

只属于你

月亮
只属于夜空

太阳
只属于白昼

在人生的
旅途中
我汇聚
所有的真诚
编织我
全部的爱

这份
厚重的爱
只属于你

思念是什么

思念，
是一片苦海，
深游其间苦不堪言。

思念，
是一杯美酒，
让人陶醉，令人遐想。

思念，
是一罐甘蜜，
那透心的甜，尝了还想尝。

思念，
是一个个失魂的夜晚，
感知的星辰遥对思念的眼。

思念，
是雄鹰一样
不停地飞翔。

思念，
是大山一样
永恒地耸立。

思念，
是草原一样
尽情地舒展。

牵 念

牵念
究竟有多长
任时光陪伴同行

曾经的缘分
还在心头环顾
为何世事无常?

让念
牵着遥远的你
滚烫的往事
却时时灼心

总在不经意间
为你而左顾右盼
就像每次远游
都有你轻盈的身姿

每日的心为你开放
满天满地

都是我放飞的牵念

江河的轻唱
在挽留你的疾步
因为
在她喷涌的源头有你烙下的跫音

繁茂的草地
在期盼你的涉足
因为
八瓣格桑梅朵也在等待你来采撷

那漫天的阴雨
绝非是牵念的泪珠
而是为了引来雨后
比彩虹更加艳丽的笑靥

第二辑
感　怀

"窝"与"墓"

飞机里
看大地
眼里
只有手心
手心里
却立满了
"墓碑"

活人的"窝"
死人的"墓"
其实并无二致
根本的区别
就在于思想

有思想
才可以
翱翔蓝天
有思想
才可以
把大脑

编织在宇宙里
不断去
延伸理想

假如
没有了思想
就只好
从那个
称作"窝"的地方
搬迁到"墓"里去

生 命

所有的时光，
都在不觉中来，
又在不觉中去，
流失的岁月
都堆积着
生命的废墟。
茫茫人海
匆匆人生
何不惜生命。

所有的生命，
都在不觉中来，
又在不觉中去，
徒步丈量
生命的旅程
多么短暂。
茫茫人海
匆匆人生
何不惜生命。

雪

在一个
寒冷的季节，
雪
深深地
爱上了土地。
于是，
如漆似胶地
与土地
相拥了一冬。
然而，
在春姑娘
嫉妒的炙烤下，
雪
流着泪
离开了土地，
却给大地
留下了
万紫千红的后代。

延展生的坦途

假如，
时间可以逆转，
我情愿
费九牛二虎之力，
让岁月倒流。
可是，
前行者的坟墓告诫我：
生命
只是颗流星。
于是，
我更懂得了
生的意义，爱的价值。

给虚荣的人

你是多情的离子，
活跃在茫茫人海，
你那拳头大的心脏，
承载着四面八方的追逐。

我不知，
你心的天平
能否经得起
崇山峻岭的重载？
能否经得起
千江万河的沉浮？

哦，
你膨胀的心
膨胀着你无限的虚荣，
你的虚荣
是风、是雨无处不在。

你虚荣的心
滋生着你无边的欲望，

你的欲望
是要吞并整个宇宙。

于是，
你不知疲倦地
犹如幽灵一般地
周游在
人海与情海之中。

于是，
没完没了的
无休无止的应酬，
把憔悴
留在你的脸上，
把沧桑
刻在你的心里，
生命的尘埃
落满了你的身躯。
你灰暗的人生呀，
何时
才能引着曙光前行。

责　任

责任，
是衡量一个人价值的砝码。
因为责任，
使你的部下拥戴你；
因为责任，
使你的爱人依恋你；
因为责任，
使你的孩子热爱你；
因为责任，
使你的朋友信任你；
因为责任，
使你的亲人靠近你。

啊，
让我们每一个炽爱生命的人，
让我们每一个珍惜尊严的人，
都肩负起责任吧，
让责任
在生活的每一个角落，
在人生的每一个时刻，
都放射其多彩的光芒。

渴 望

你是一片云，
虽然美丽，
却没有根，
再肥沃的土壤
都不能把你留住。

你是一股风，
虽然温柔，
却时风时雨，
再宽大的胸怀
都无法为你安定。

你是一朵花，
虽然招展，
却随风摇摆，
再稳固的思想
都难以为你坚守。

啊，
我多么渴望，

你是一株有根的树苗，
在我宽广的胸怀里深植，
让我用心血去浇灌，
苗壮你滴翠的生命。

我多么渴望，
你是一粒饱满的种子，
在我狭小的爱缝中生长，
让我用生命去呵护，
萌发你盎然的生机。

忧郁的眼神

你的眼神，
是一面忧郁的镜子，
忧郁的镜子，
诉说着心灵的故事。

多少难言的忧伤，
多少人生的坎坷，
都在闪着微光的
镜面上宣泄。

噢，
你忧郁的眼神，
是我放不下的心事。

多想
掬一捧纯净的山泉，
洗净你
忧郁的镜面，
让她亮丽照人。

你的眼神，
是一面忧郁的镜子，
然而，
忧郁的眼神，
未必是
忧郁的人生。

你可曾见过
乌云过后的光芒？

你可曾知晓
阴雨之后的彩虹？

倘若没有乌云的遮盖，
哪会有炽烈的阳光？

倘若没有阴雨的连绵，
哪会有绮丽的彩虹？

啊，
愿在你忧郁的目光中，
激荡起
多彩的生命浪花。

愿多彩的浪花，
推动你
生命的帆船乘风破浪！

创伤的心语

愿你是
白云的圣洁，
而不是
云朵的轻浮。

愿你是
大山的沉稳，
而不是
浓雾的虚幻。

愿你是
河水的清澈，
而不是
浪花的多情。

为什么
你纵情的泪水，
竟能像河水一样
为新知而昼夜流淌！

你的泪水是针，
深刺我的心颗。
你的泪水是刀，
重伤我的筋骨。

为什么
遥远的思念里
总能酿造
幸福的甜蜜？

为什么
咫尺的透视中
却有诸多
遗憾与混浊？

人间的真情呀
岂是一时
激情与喷发！
岂是一场
放纵与猎奇！

没有真诚的抚育，
哪有真爱的果实！

与你同行

与你同行，
汽车的噪音
也是舒心的旋律。

与你同行，
戈壁的荒野
也是幸福的乐园。

与你同行，
才懂得
只要心儿圆，
世间万物
便不再有残缺。

当半个月亮
爬过山梁时，
一首熟悉的歌，
同在我们的
心中激荡。

难道说
是我们的真情
打动了
西部歌王的心吗？

否则
哪能有撼人心脾的
"半个月亮爬上来"？

那上弦的半轮明月，
她是为了承载
我们的真情。

那就让我们
驾驶月亮船
在宇宙的胸怀里
畅游吧！

噢
与你同行，
心中就期盼着
永恒的旅程。

爱是什么

用心灵去感受爱，
爱就是十五的满月。

用深情去体验爱，
爱就是大山深处奔腾的江河。

用真诚去撞击爱，
爱就是那熔炉里熊熊的烈火。

然而，
用欲望去追求爱，
爱就是草尖上的朝露。

用贪婪去索取爱，
爱就是断流的河床。

用自私去对待爱，
爱就是即将爬过山梁的夕阳。

噢，

爱是什么？
爱就是心灵的沃土，
爱就是真诚的种子，
爱就是幸福的果实。

彩 虹

彩虹
是苍龙与
雷电的女儿，
当震天动地的
阵痛过后，
诞生在
蓝天的怀抱。

藏羚羊

我不是猎人
没有猎枪，
你也不是
奔跑的猎物，
然而，
你却真真切切地
走进了我的视线，
走进了我的心灵，
走进了我的世界，
我那坚若磐石的情感
为你而萌动。

噢，我可爱的藏羚羊，
是谁把你安宁的家园践踏？
是谁把你百万的家族驱散？
是谁把你美丽的生命剥夺？

藏羚羊、藏羚羊
可爱的藏羚羊，
让我用悲歌

讨伐罪恶的枪口，
让我用热泪
唤醒贪婪的人们。
愿人们
为你的消失而痛苦，
愿世界
为你的安危而忧患，
愿大地
为你的存在而欢乐。

辞旧迎新随感

今天又是满年日，
旧岁即除新春来。

三百六十五昼夜，
载去时光和生命。

回首探寻沉与浮，
人生路上多崎岖。

功成名就化梦想，
妻贤子孝慰心怀。

明日迎来新朝晖，
缕缕金光皆吉祥。

生命不倒直向前，
夸父追日亦情愿。

东珠扎西秀①

时间
从我们的
谈笑间溜走,
友谊
在我们的
欢乐中升腾。
虽然
我们
民族不同,
同一种追求
使我们
凝聚在一起。

啊,
东珠扎西秀
我们尽歌,
我们欢舞,
我们的生活

---

① 东珠扎西秀:藏语,祝吉祥如意之意。

绚丽多彩。

黑夜
从我们的
歌声中消失，
曙光
在我们的
希望中燃烧。
虽然
我们
年龄各异，
同一份真诚
把我们
连接在一起。

啊，
东珠扎西秀
我们举杯，
我们畅饮，
我们的事业
辉煌灿烂。

赌 妇

你是一个
坠入深渊的女人，
即使玉帝下凡，
也无法把你拯救。
因为，
像太阳一样炽热的爱，
都融化不了你
被赌瘾冷冻的痴迷。

你是一个
没有爱的女人，
不懂得珍惜，
就永远不会拥有。

你宁可扼杀
世间最真实的善良，
在"赌"与"爱"的天平上，
毫无犹豫地
把重量倾斜到"赌"上。

噢，
我可怜的赌妇，
难道你的灵魂
只有被赌瘾禁锢，
才算是体现了你
人生的价值吗？

走走田间地头吧，
农民们正在辛勤春耕。
看看校园课堂吧，
孩子们正在勤奋读书。
听听隆隆机声吧，
工人们正在拼命增产。

可悲呀，
一群赌妇
却躲在阴暗的屋子里，
"挖坑""垒砖"。
为什么
万物复苏春意盎然的时候，
你们的赌瘾还在蔓延？
难道你们已麻木得
连春的气息都不能感受？

山再高也有顶，
水再长也有源，
然而，

赌害却没有边。
只能是
越赌越陷，
越陷越深，
越深越残。
只能是
"坑"越挖越大，
直到挖出一个
葬送自己灵魂的深渊。

快快醒醒吧!
有什么"冻"
不能被烈日溶化?!
有什么"痴"
不能被真情唤醒?!

赌　瘾

我不知
造物主
究竟为这个世界
炮制了
多少支赌瘾之箭？
但我
却清清楚楚地看到，
你是无数中箭的
不幸者之一。

你炯炯的大眼，
被赌瘾
熏染得失去光泽。
你壮美的体魄，
被赌瘾
侵害得虚弱憔悴。
你坚实的信念，
被赌瘾
吞噬得无影无踪。

我诧异，
你用心血
换来的银钞，
被几十张纸牌
左右得失去自由，
在轮流交替的
主子手里
——变味、变质。

我痛心，
你高贵的生命，
就这样
在小小四方桌旁，
在紧张与贪婪的
心态中，
在废寝忘食的
"艰辛"中，
大截、大截地
——流逝。
难道说，
你只能拥有一次的
珍贵生命，
就只配用赌瘾去
充盈和装饰吗？

我遗憾，
赌瘾

使你走火入魔，
在面对
充满魔力的纸牌时，
忘记了
年幼儿女
望眼欲穿的期盼；
忘记了
患病妻子
心急火燎的等待；
忘记了
白发高堂
牵肠挂肚的思念；
忘记了
真挚友人
撕肺裂胆的忠告。

那双灵巧的手，
在洗牌的同时，
洗掉了
一个父亲的风范，
洗掉了
一个丈夫的责任，
洗掉了
一个爱人的情操，
洗掉了
一个儿女的孝道。
在赌注十、百、千、万……

不断的加码中，
渐渐埋没了
——你的高尚，
埋没了
——你的淳朴，
埋没了
——你的价值。

我担心，
一个视赌博为唯一的人，
会是什么样的结局？
众叛亲离？
无依无靠？
倾家荡产？
不！不!! 不!!!
我不敢想象下去！

我劝告，
我亲爱的人呀，
请你告别赌瘾，
从赌瘾的黑洞中
勇敢地走出来吧！
外面的世界
已是春光明媚、花枝招展。
去用清新的空气
洗礼洗礼吧！
让和煦的太阳

为你的眼睛

——补充神光；

让生活的真谛

为你的生命

——增添色彩；

让生命的内涵

为你的前程

——树起新的丰碑。

真情是什么

真情是什么？
真情是检验价值的试金石。
有价值时
就会有笑脸相迎
就会有嫩手牵连
就会有细语缠绕
就会有倩影紧随
当失去价值时
就被扔进下水道
让你遗臭万年
……

真情是什么？
真情是希望的种子。
任种子忍受埋葬的苦痛
任种子遭受暴雨的袭击
任种子践踏在千人万人的脚底
任种子被炽烈的阳光炙烤
只要你绽开报春的花
只要你结出金秋的果

就会被沾满贪婪的手
收获久经生命历练的果实
哪怕有无数个种子
在历练中夭折
……

鹅卵石

什么时候
山梁梁上的
　　那块青石头
　　　变成了
　　河底底里的
　　　鹅卵石？
曾经温暖的太阳，
再也照不到他的身上。

什么时候
山梁梁上的
　　那块青石头
　　　变成了
　　河底底里的
　　　鹅卵石？
曾经悠扬的山歌，
再也飘不到他的耳旁。

什么时候
山梁梁上的

那块青石头
　变成了
河底底里的
　鹅卵石？
曾经皎洁的月光，
再也点不亮他的心房。

何须怨天
　何须怨地
　　鹅卵石
也曾有过播种的欢乐，
也曾有过收获的芬芳。

放 荡

放荡
乃是
西方文化的精髓吗?!
你却淋漓尽致地
汲取了这一精华!

你的放荡
毋须遮掩!
毋须廉耻!

你的放荡
任意地
无视猎奇的眼睛;
任意地
藐视痛心的目光。

你骚动的心怀,
必将袒露
欲火燃烧的躯体!

可惜了
一个豪门贵族的后裔；
可惜了
一个繁华城市的养育；
可惜了
五千年文明的熏陶！

若有再生
你应降临到一个放任的国度
在那里——
连原始人的遮羞布
都会显得多余；
在那里——
你崇尚的
劣俗的西方"文明"，
定会与你
放荡的心灵共舞！

虹

你是仙女飘逸的幻影，
那七种奇妙绚烂的色彩，
是七仙女舞动的彩袖，
每一种色彩，
都表达一种气息，一种境界，
你将这一特殊的气息和境界，
挟裹在雨后清新的空气里，
令感知你的人心旷神怡。

你的显现，
犹如乌云后的阳光，
犹如长夜后的黎明，
犹如远行者的路标，
那样靓丽、诱人。

倘若雨后没有你，
仿佛人生没有了青春。

倘若心中没有你，
仿佛生命没有了呼吸。

真是因为你七彩的绚丽，
我的思维才充满了遐想。

真是因为你多彩的渲染，
我的生命才生机盎然。

啊，虹
你那神话般七彩的世界
——是我永恒的向往。

美丽的雪花

题记：昨日老天差我与卓玛（雪花）女士聊天，略有感慨，特赋诗一首，且命《美丽的雪花》为题。

雪花漫天呈吉祥，
仙女下凡到人间。
忽如一夜春风来，
那曲草原添娇艳。
青藏奇缘架彩虹，
书声朗朗育英才。
网络世界真奇妙，
度母显身泽心灵。
人间若有真情在，
千山万水只等闲。

你属于公众

雄鹰
属于蓝天，
只为蓝天振翅高飞；
雪莲
属于雪山，
只为雪山尽展娇姿；
小鸟
属于自由，
只为自由引吭高歌；
江河
属于草原，
只为草原欢腾不息。

而你
属于公众。
你是一朵花，
盛开在
千万双目光里，
虽然艳丽，
却被无数游人玩赏；

你是一片景，
布置在
最繁华的中央，
虽然秀美，
却被无数行人猎奇；
你是一汪水，
围圈在
最喧闹的空间，
虽然清澈，
却被无数游艇所爱抚。

偶　遇

并非刻意，
却一眼就把你
引进我的心海。

一切
明明是那样的陌生，
却真真切切地
感到如此亲切而熟悉。

难道说，
我们曾一起
走过那个前世，
又被"缘"的飞船
把我们载入到
轮回的轨道？

噢，
无论是生命轮回，
还是情感的轮回，
相遇相知却是真实。

愿我们
紧握缘分，
幸福地走在
生命的道路上。

朋 友

朋友
是缘分汇成的河，
流淌得越长越永恒。
朋友
是真诚筑就的山，
耸立得越久越坚固。
真正的朋友
经得起风雨考验。

朋友
就像手足的深情，
痛苦时排忧解难，
欢乐时兴高采烈。
无论是痛苦还是欢乐，
都要真诚地凝聚在一起。

朋友
是真情谱写的歌，
流传得越广越真实。
朋友

是美酒酿成的诗，
回味得越多越美好。
真正的朋友
经过了大浪淘沙。

啊，
朋友
就像生命的召唤，
困难中风雨同舟，
前程中共创辉煌。
无论是成功还是失败，
都要深情地守护在一起。

情感的轮回

当沉淀的思念
喷涌的时候，
久远的记忆
向我走来，
你是我
深藏心库的珍宝。
不必说
我们曾经邂逅，
只因情感的轮回，
我们又
相遇在
生命的轨道。
虽然没有
往日的激情，
相逢的幸福
却是那样刻骨铭心，
在这
情感轮回的时刻，
让江河
传唱我们

曾经的故事。

当抑制的情绪
脱坝的时候，
久远的我
向你走来，
你是我
情感初绽的花朵。
不必说
我们各奔陌路，
只因情感的轮回，
我们又
重逢在
人间的尘世。
虽然没有
往日的冲动，
心中的祝福
却是那样的真切。
在这
情感轮回的时刻，
让日月
留住我们
心灵的灿烂。

生 日

当我们
点燃烛光的时候，
让烛光
升腾你的祈愿。

当我们
唱响生日歌的时候，
让歌声
传递我们的祝福。

那一年的今天，
上帝
把你赐给
美丽的人间，
一朵鲜花
就这样
在多彩的世界里芬芳。

春风
吹绿了你的青春，
时光

成熟了你的生命，
在人生的旅程中，
每一个驿站，
都有你
激情盎然的闪光。

是太阳
赋予你
一生的辉煌，
是真诚
锻造你
纯真的情感。
热情奔放的你
感动着
造物主的情怀，
真挚善良的你
牵动着
渴望温暖的心灵。

啊，
你是一只凤凰鸟，
就让你
美丽的羽毛
播撒快乐的种子；
你是一朵吉祥花，
就用你
鲜艳的花瓣
装点幸福的生活。

生命是一条河

你有一双
会说话的眼睛，
为什么
要用忧郁把他掩盖？

你有一双
会笑的眼睛，
为什么
要用伤感把他淹没？

生命
是一条河，
流淌的过程中，
哪能不碰撞礁石和山崖？

生活是一只船，
航行的历程中，
怎会不遭遇
骤雨和暴风？

谁都渴望
一帆风顺，
而生命却偏偏
需要千锤百炼。

谁都追求
幸福生活，
而生活却总是
充满酸甜苦辣。

一百个人
有一百种命运，
一千个人
有一千种感受。

只要你热爱生活，
生活就会幸福吉祥。
只要你善待生命，
生命就能放射异彩。

四十岁的我

题记：人生苦短，四十个生命的年华转瞬即逝，回首往事感慨万千，特于2001年5月1日，四十周岁生日之际，赋诗一首以自勉。

四十岁的我
是一张空白的纸，
空白的纸面
见不到一丝辉煌，
空白的纸面
显示着一事无成，
空白的纸面告诫我，
流失的岁月
已堆积了
四十年
唤不回的
生命废墟。

然而，
空白纸张的背面
曾有过

汗水流成的河，
曾有过
跋涉烙下的印，
曾有过
向往太阳的追逐……
于是，
在生命的废墟里
也能嗅到
汗水的气息，
也能看到
埋没的闪光，
还能寻到
深浅不等的足迹。
啊，
四十个生命的年华，
大半个人生的流逝，
我到底
拥有了什么？
老婆
孩子
一个不大不小的家
和心灵的挚友
——便是我生命的全部。

可惜，
从十八到
四十岁的大好光景，

都耗尽在
无果的枯树上,
曾为生命绿洲
浇灌二十余年的汗水,
却迎来了一个个
绝收的干旱;
曾以心灵的真诚
追逐每一天
太阳的光芒,
却只延续了
夸父追日的故事……
噢,
不敢正视现实的懦夫呀,
还要将手中的生命
葬送到几时?
勇敢地向前走吧,
只要认定信念,
粉身碎骨又何足惜?!

泰国·安达曼海岸别样的风采

——为藏族姑娘玛雅而作

在异国的海岸边，
一个亮丽的女儿红，
勾走了我的眼球。

那伸展的双臂，
是仙鹤的巧羽，
柔软而光洁。

那回望的双眸，
是碧海的秋波，
深邃而透亮。

那微黄的秀发，
是大海的卷浪，
激起我千层心潮。

那粉红的衣衫，
是附着海魂的彩练，
令七色的遐思弥漫天际。

探步门源仙境

门源深谷有仙境，
层林尽绿旭日艳。
小河妙音添锦绣，
四方宾朋皆成仙。

无须为失恋懊丧

相爱的日子里，
你用眼睛
为他传递过心声。

同行的日子里，
你用真情
为他伸展过坦途。

若是懂得珍惜，
他怎会松开你
娇嫩的手？

若是懂得在乎，
他怎会挫伤你
真诚的心？

无须为失恋懊丧，
你是一只百灵，
就应该快乐地放歌在草原。

相许的日子里，
你用深爱
为他营造过温馨。

相拥的日子里，
你用心灵
为他编织过憧憬。

若是心里有你，
他怎会撇下你
执著的爱？

若是心里有你，
他怎会击碎你
幸福的梦？

无须为失恋懊丧，
你是一只凤凰，
就应该骄傲地飞翔在蓝天。

一 起

山道上
一起走过，
泥泞里
一起蹚过，
约古宗列的圣水
一起饮过。

黄河见证过
我们的欢乐，
旷野感受过
我们的幸福。

星星的眼里
闪烁着
我们的真情。

草地上
一起舞过，
雪山上
一起攀过，

格拉丹冬的乳汁
一起尝过。

长江倾听过
我们的歌声,
车轮记载过
我们的祝福。

月亮的光里
流淌着
我们的故事。

像

像
佛祖一样
叩拜过。
像
鲜花一样
欣赏过。
像
仙女一样
供奉过。
像
哈达一样，
托举过。

无论
时光流逝，
留在
心里的
都是
美好记忆。

像
春天一样
追逐过。
像
圆月一样
期盼过。
像
阳光一样
沐浴过。
像
生命一样
呵护过。

任凭
岁月涤荡，
留在
心里的
都是
美好记忆。

小鸟的悲戚

小鸟飞落了，
伸展的翅膀
无力支撑她那小巧的身躯。
风说：
是否要助一臂之力？

小鸟说：
不，风姐姐
我并非羽毛未丰，
只是心灵受到了伤害，
所以，
才不能撑起我弱小的身躯。

夜幕降临了，
小鸟带着悲伤
徘徊在茫茫的旷野，
星星说：
是否要为你照亮归程？

小鸟说：

不，星哥哥
我并非迷失了归途，
只是用心筑起的家园
受到了狂飙的袭击，
所以，
归途对于我已毫无意义。

忧伤的小鸟在哀鸣，
小鸟的哀鸣
变成了风雨的呼啸，
苍天在为此哭泣。

小鸟的哀鸣
变成了江河的怒涛，
大地在为此震颤。

啊，
小鸟啊小鸟，
你心灵的绿洲
何时再会将你召唤？

重阳感怀

观香山枫叶
登植园丘陵
赏湟源秋景

每每重阳佳节
无不登高踏秋

层林尽染赏心悦目
秋高气爽魂驰神往
惬意愉悦寄寓长风

今日重阳不重
独游澜沧江源

莫云滩辽阔无垠
能孕澜沧江滚滚万里
难容游人孤情恋意

遥寄心意祝福
却若大海沉石

毋责至亲好友
毕竟现实中人
何论亲近落魄?!

走走正好

走走正好，
千年雪峰酿造的河水
能净化你的灵魂。

走走正好，
高山厚土蕴藏的文明
能陶冶你的情操。

走走正好，
轻柔的微风
能清醒你昏聩的大脑。

走走正好，
辽阔的草原
能拓展你狭隘的胸怀。

当目光与白云对接，
当心灵与蓝天相融，
还有什么杂念
能侵蚀你的灵与肉？

天葬台

你是灵魂腾飞的净地，
你是众生超脱的希望，
当桑烟化作青云时，
当喇嘛吹响鹰笛时，
双手合十
叩拜在你的脚下。

五体投地
是我真诚的祈祷，
愿神鹰带走躯体，
让灵魂在天宇间升腾。

第三辑
乡　恋

4月14日这一天

4月14日，
是黑色太阳
笼罩故乡的日子。

4月14日，
是美丽家园
化为废墟的日子。

4月14日，
是千余生命
停止呼吸的日子。

4月14日，
是大美玉树
身染重疾的日子……

这一天，
一个个噩耗
从遥远的故乡传来。

这一天，
无数父母
失去了孩子。

这一天，
无数孩子
失去了父母。

这一天，
多少人
妻离子散。

这一天，
多少人
家破人亡。

这一天，
大地流淌着
血的河流。

这一天，
苍天洒下了
血的泪水。

这一天，
党和国家领导人
不顾安危赶赴现场，

把党和国家的温暖
带到受灾一线。

这一天，
人民子弟兵
奋进重灾前线，
拯救延伸在
废墟里的生命。

这一天，
白衣天使
从天而降，
与魔鬼展开
殊死搏斗。

这一天，
无数灾民
强忍失去亲人的苦痛
奋不顾身
抢险自救。

这一天，
十三亿颗善良的心
筑就起
抗震救灾的
铜墙铁壁。

这一天，
救援人员
像潮水一般
从四面八方
涌进灾区。

这一天，
一双双急促的手
扒开钢筋、砖砾，
滴血的十指
拯救着一个个残喘的生命。

这一天，
千万颗
焦虑的心
牵系着
灾区的命运。

这一天，
万万双火热的手
安抚着受伤的灵魂。
无数个梦幻般的奇迹
在废墟里创造。

这一天，
一个个
被死神裹挟的生命

又在
奇迹中生还。

从这一天起
每一个
中国人的嘴里
都念叨着
"玉树"这个名字。

从这一天起
每一个
中国人的心里
都惦记着
"玉树"的冷暖。

这一天
这一难
使十三亿颗火热的心
凝聚成坚不可破的
——中国魂!

噩 梦

忽如一场噩梦来，
美丽家乡化废墟，
生离死别遭涂炭，
满目疮痍不忍睹。

怒问苍天，
何故摧毁我故乡？
敢问大地，
何故剥夺我生灵？

啊挺立，玉树！
啊坚守，故乡！

你是举世闻名圣洁地，
你是人间最美之天堂。
江河滋养你，
鲜花装扮你，
群山怀抱你，
蓝天抚慰你，
还有七彩的经幡祈福你！
更有祖国的大爱呵护你！

玉树，美丽的常青树

都说这里
高峻得很，
雪山的臂膀
托举着蓝天。

都说这里
富饶得很，
高天和厚土
处处是宝藏。

都说这里
幸福得很，
祖国和人民
牵挂着她。

都说这里
坚强得很，
顶天立地
抗拒灾难。

啊玉树，
三江源
美丽的常青树，
春风送暖，
阳光明媚，
你的明天更美好。

都说这里
遥远得很，
江河的源头
流淌在天边。

都说这里
神奇得很，
桑烟袅绕
经幡飘荡。

都说这里
温暖得很，
人间的大爱
拥抱着她。

都说这里
勇敢得很，
心手相连
重建家园。

啊玉树，
三江源
美丽的常青树，
凝心聚力，
举世瞩目，
你的明天更美好。

高原的天气

高原的天气，
是摸不透的
顽童的脾气，
忽而
浓雾笼罩
不见天日；
忽而
雾开云散
阳光灿烂；
忽而
一碧千里
晴空如洗；
忽而
雷电交加
暴雨如注。

高原的太阳，
是强紫外线
燃烧的火球，
炽热而强烈。

高原的月亮，
是牛乳
净涤的宝镜，
皎洁而柔和。

高原的天气，
是一日见四季的
奇特景象。
啊，
高原的天气，
是肆意放纵的任性。
有时，
让你如痴如醉，
有时，
令你敬而远之。

山嘛呢水嘛呢

再没有
这样美丽的地方
令人神往，
蓝天
覆盖着青山，
青山
镌刻着
"唵嘛呢叭咪吽"，
佛光映照的山峰
就是神奇的山嘛呢，
日月轮回，
弘扬着
千年的历史。
啊，
山嘛呢，
你是藏族
古老的文明，
你的六字真言
闪烁着智慧的光芒。

再没有
这样圣洁的地方
令人遐想，
山谷
怀抱着溪流，
溪流弹唱着
"唵嘛呢叭咪吽"，
佛光闪烁的碧波
就是神奇的水嘛呢，
峰回水转，
传诵着
千古的奇话。
啊，
水嘛呢，
你是藏族
先民的智慧，
你的六字真言
流淌着
心灵的歌谣。

圣洁的勒巴沟

是谁
把心灵的文字
刻在了悬崖峭壁，
为孤独的大山
注入灵魂？

是谁
把神圣的佛语
印在了河底卵石，
给寂寞的河流
赋予生命？

是吐蕃先民的
虔诚和智慧，
把勒巴沟
装扮得
如此美丽神奇。

这里是松赞干布
迎娶大唐公主的地方。

圣洁的勒巴沟
你用仙界一般的美丽
传扬着唐蕃联姻的故事。

是盛唐公主的
真诚和善良，
把勒巴沟
装扮得
如此神秘多彩。

这里是文成公主
健步进藏的地方。
圣洁的勒巴沟
你用太阳一样的灿烂
辉煌着唐蕃古老的文明。

附 魂

题记：这是一个游子对于故土的情怀……

我的魂
已附在你的体内了吗？
如若不是，
为什么
在离别的日子里，
总是那样魂不附体，
犹如一个行尸走肉。

我的心
已融入你的生命了吗？
如若不是，
为什么
在思念的日子里，
总是那样神魂颠倒，
犹如一个落魄的幽灵。

是什么力量，
让我这个

勇敢的人
变得脆弱?

是什么力量,
让我这颗
坚硬的心
变得善感?

为什么
在我睁大的眼里,
总投射着
你的倩影?

为什么
在我平静的脑海里,
总活跃着
你的音容?

噢
玉树——
我深深爱恋的故土

昨天
你曾惨遭重创

而今
你已重振旗鼓

摆脱了
山崩地裂的悲壮
抹去了
生离死别的泪水
驱走了
生灵涂炭的阴霾

你的白云依旧圣洁
你的长空依旧湛蓝
你的草原依旧辽阔
你生命的甘乳——
长江、黄河、澜沧江
依旧奔腾不息!

废墟里站立的
是你不朽的灵魂
阳光下伸展的
是你金色的大道

春光沐浴着你
春雨滋润着你

当枯木逢春
生机盎然
你的明天更美好!

我的父老乡亲

宛如
格拉丹冬与长江的命脉之系，
恰似
约古宗列与黄河的血肉亲情，
——我的父老
——我的乡亲
就像激情澎湃的江河
涌进我深情的心海。

从此，
我的生命
便有了最重的砝码。

黑夜中，
你们是我明亮的北斗；
严冬里，
你们是我暖心的太阳；
风雨后，
你们是我多彩的长虹；
烈日下，

你们是我遮荫的大树；

旅程中，

你们是我沉沉的行囊。

多少次

像敬畏神灵一样地仰慕你们，

又自卑

浅薄的自己能否与你们匹配？

多少次

像敬畏父辈一样地热爱你们，

又担心

会否因自己的不慎将你们伤害？

多想

自己弱小的胸怀

是一方厚实的沃土，

让你们在我的心怀里

愉快地根植和舒展；

多想

用我笨拙的双手

为你们编织阳光般

温暖而多彩的日子，

让你们无忧而幸福地生活。

多想

我的生命是备足的能量，

随时随地为你们而释放。

因为你们
我懂得在乎；
因为你们
我有了喜忧。
曾因
拥有你们而心潮澎湃，
也为
些微的纰漏而万念俱灰。

大灾大难中，
你们是我揪心的思念；
风风雨雨中，
你们是我沉重的心事。
于是
我的生命中
才有了心事染白的糙发。

从未惧怕过
岁月会扼杀我的生命。
却常常担忧
天地不测
带给你们的苦难与不幸。

宁愿用我的生命
供养天地诸神，
却难以容忍
让些许的不测

从我的身边
带走你们的一丝一毫。

啊，
我的父老
我的乡亲
你们是我生命之河
奔腾的江河怎能断流？

即使日月倒转
我也要
用真情
用真心
用生命的全部
去扭转乾坤
让我的生命之河畅通无阻。

感恩的心

给我一滴水，
我就有生长的力量。
给我一抔土，
我就会伸展希望的茎叶。
给我一片天，
我就会胸怀飞翔的愿望。

故乡，
您是沃土，
让我的生命茁壮。
您是养分，
让我的心灵殷实。
您是苍穹，
让我的智慧翱翔。

感恩的心，
是滔滔的江河，
日夜颂扬您的恩德。
感恩的心，
是遍地的鲜花，

处处绽放您的美丽。
感恩的心，
是吉祥的祝福，
时时祈愿您的辉煌！

故乡情
跟着白云
我漂泊他乡，
心里
放不下美丽的家乡。

难忘阿爸手捏的糌粑，
难忘阿妈手缝的皮袄。

喷香的糌粑给我力量，
温暖的皮袄伴我成长，
牦牛帐里真挚的亲情，
叫我热血澎湃。

我渺小的身躯呀
永远属于故乡的高山大河，
故乡的腾飞
牵连着我每一个人生的追求！

第四辑

礼　赞

您的关爱 (外一首)

——献给中国共产党九十华诞

像冻僵的手，
烤着牛粪炉。
像饥饿的胃，
填着酥油糌粑。
像望穿的眼，
沐浴黎明曙光。

党啊，
亲爱的党，
您的关爱，
就像肌肤里的热血，
浇绿了我的生命。

从牛毛帐篷
到城镇学堂，
从边远牧区
到高等学府，
从不谙人世
到心智丰沛，

从乳臭未干
到羽毛丰腴，
都是您
雨露的滋养，
都是您
阳光的沐浴。

走遍崇山峻岭，
有您无边的恩泽环抱。

跋涉冰天雪地，
有您温暖的关怀牵动。

远游异地他乡，
有您催人的号角指引。

哦，
无论何时何处。
您都是我生命的航向。

厚　重

再浓郁的色彩，
都会被岁月冲淡。
然而
时光
却更加厚重地

堆砌着
我对于您的情感。

点点滴滴的记忆，
总是那样
情不自禁地
活跃在
日出与日落之间，
一种思维
就这样
充盈着我的心籍。

当生命
经过一个个
难忘的历练时，
您的恩情呀
就像鲜花一样
铺满我的人生之旅。

是您，
把真善美的种子
播进幼小的心灵，
让一个牧民的儿子
确立远大的信念。

是您
把一块无名小石

雕琢成有用之材，
让他焕发出生命的异彩。

是镰刀的丰收，
让十亿人民丰衣足食。

是铁锤的锻造，
腾飞起东方的巨龙。

是无数先烈
鲜血染红的旗帜，
引领一代又一代
前仆后继、奋发图强。

党啊，
亲爱的党，
您厚重的关爱
是大山，
植根于人民大众，
光照于辽阔天宇。

党啊，
亲爱的党，
您厚重的深情，
是江河，
奔腾于华夏大地，
温暖着千家万户。

人间的天堂在哪里

要问人间的天堂在哪里？
我说人间的天堂在三江源。

千山之宗，
万水之源，
这里是蓝天的故乡，
这里是白云的故乡，
这里是太阳的圣地，
这里是五彩纷呈的乐园。

看吧，
长江流呀流，
流淌着中华不屈的精神。
长江摇呀摇，
孕育出中华五千年的文明。
长江——
这条蓝色的哈达，
是中华儿女托举的文明。

听吧，
黄河流呀流，

流淌着中华擎天的自尊。
黄河摇呀摇，
孕育出五十六个龙腾虎跃的民族。
黄河——
这条金色的哈达，
是中华儿女扬起的自强。

瞧吧，
澜沧江流呀流，
把崛起的民族屹立于世界之林。
澜沧江摇呀摇，
使锦绣的中华与五洲联手。
澜沧江——
这条绿色的哈达，
是中华儿女招展的傲姿。

哦，
三江之源，
长江、黄河、澜沧江的故乡，
这里有藏区的歌舞，
这里有蒙家的奶酒，
这里有土乡的彩虹，
这里有撒拉的"花儿"，
这里有回族阿妹照人的盖头，
更有那汉族大姐扭起的秧歌……
要问人间的天堂在哪里？
我说——
人间的天堂就在三江源。

太阳的儿女

你在
地球的巅峰
繁衍生息，
你在
江河诞生的地方
谱写文明。

青山
记载着
你跋涉的足迹，
碧水
诉说着
你创业的历史。

辽阔的草原
是你朴实的胸怀，
肥壮的牛羊
是你丰硕的果实。

啊藏民族，

你是
太阳的儿女，
万丈光芒
赋予你
智慧的心灵，
你顽强的生命，
在灿烂的阳光里轮回。

你在
生命的禁区
创造奇迹，
你在
江河奔腾的地方
挥洒热血。

雪域
挺拔着
你树立的丰碑，
大地
高扬着
你建设的辉煌，
耸立的雪山
是你不变的誓言，
繁荣的景象
是你描绘的蓝图。

啊藏民族，

你是
太阳的儿女，
冰天雪地
铸造你
不屈的精神，
你平凡的人生，
在世界屋脊上升华。

雪域歌舞礼赞

那飘动的
哪里是舞者的彩袖？
分明是雄鹰在搏击长空。

那悠扬的
哪里是歌者的声音？
分明是天籁回荡在大地。

只有热爱生活的人
才会跳出
如此豪放的舞蹈。

只有热爱家乡的人
才会引吭出
如此强劲的高歌。

只有热爱自然的人
才会抒发出
如此动人的情感。

只有热爱民族的人
才会彰显出
如此催人的精神。

是图腾神鹰的民族
孕育了世上
奇妙的舞蹈。

用浑身的热望
拓展出
气吞山河的力量。

是雪域高原的圣水
哺育了人间
绝美的歌喉。

用原本的纯真
释放出
震撼心灵的音符。

我赞美你
雪域的山
雪域的水

我赞美你
雪域的花草树木
雪域的珍奇宝藏

我更赞美你
雪域的人民。

曾经
你是雪域高原的守护神，
你是雪域文明的缔造者。

如今
你又是雪域文化的传播者。

你就像
托起传家之宝一样
托起雪域的文明。

你就像
展示自己的生命一样
展示着雪域的风采。

愿你的真诚
是播撒大地的阳光
把你博大精深的文化
传遍世界的每一个村落。

大爱无疆

爱是七色的彩虹，
灾难面前
仍有七彩祥路，
大地咆哮
吓不倒我们的意志，
山崩地裂
摧不垮我们的灵魂，
一双双火热的手
就是我们擎天的力量。
啊，
五十六族人民，
五十六朵花
铺就七彩祥路。

爱是灿烂的阳光，
大难面前
仍有阳光普照，
地动山摇
割不断我们的真情，
生灵涂炭

挡不住我们的信念，
一处处兴建的家园
就是我们托起的希望。
啊，
十三亿双手，
十三亿颗心
汇成大爱无疆。

最亲的亲人

你与我
相隔千里，
灾难面前
你却冲锋陷阵。
满腔热血
满腔爱，
只为
不曾相识的
兄弟姐妹。

啊
陌路而来的朋友，
你是我
最亲的亲人，
蓝天
读懂了你的真情，
白云
变得更加圣洁。

我与你

素不相识，
危难之时
你却奋不顾身。
千难万险不回头，
只为
心中牵挂的
兄弟姐妹。

啊
陌路而来的朋友，
你是我
最亲的亲人，
大地
感受了你的勇敢，
小河
变得更加欢腾。

动人的歌谣

"和人民在一起",
总书记
发出了由衷的心声。
五十六族人民
心心相印
共渡难关。

"新校园会有的,新家园会有的!"
这是一曲
动人的歌谣,
河水听了更欢畅,
太阳听了更灿烂。

"生活就像太阳",
温总理
说出了明天的希望。
十三亿兄弟姐妹
齐心协力
共创未来。

"生活就像太阳，每天都会升起！"
这是一曲
动人的歌谣。

兰州军区援建玉树八一孤儿学校纪念碑文

四月十四，灾难席卷，美丽玉树，生灵涂炭。

江河悲切，骨肉分离，千家万户，家破人亡。

祖国母亲，大爱无疆，人民子弟，火速驰援。

抗震救灾，奋不顾身，日月之光，直照心间。

恢复重建，举世无双，废墟丛中，异彩斑斓。

真心构筑，校舍矗立，鱼水深情，铸就希望。

校园锦绣，孤儿不孤，恩泽子孙，千古流芳。

军人精神，玉树奇迹，壮哉军威，壮哉军魂！

2012年3月23日东珠瑙布撰文

引以为傲的玉树人

千年、万年
生息在世界之巅,
坚守和护卫
神鹰飞翔的高度。

江河的乳汁
在马蹄下发源,
雪域的文明
在牛背上诞生。

蓝天下荡漾的山歌,
大地上舞动的长袖,
深谷间腾起的炊烟,
木桶里飘溢的奶香,
草原上烙下的足印,
雪山间镌刻的神韵,
开创了江河源头的文明。

青藏高原
是你挺立的脊梁,

辽阔草原
是你伸展的胸怀。
饮着江河母亲
最纯的源乳，
用顽强的意志，
挑战生命的极限。

驯着野牦牛，
牧着野岩羊，
与雪山为伴，
以原野为家。

生命的禁区里，
创造着生命的奇迹。

千年的文明，
万年的延续，
生死接力，
不屈不挠。

像江河，
传递雪域精神。
似彩虹，
装扮华夏文明。

因你的血液流荡，
生命就巍峨伟岸。

以你的精神激励，
魂骨就不屈不折。

啊
伟大祖国的百花园里，
那迎风绽放的雪莲花，
就是我引以为傲的
——玉树人。

废墟中绽放的奇葩

——礼赞青海银行玉树分行

岁月承载着历史的脚步
大地积淀着文明的精华
站在通天河湍急的岸畔
生命的激情在胸中荡漾

青海银行玉树分行
废墟中绽放的奇葩
让我用满腔的真情
为您——引吭高歌

曾记否?
2010年4月14日
这个黑色的日子
一场大地的震颤
灾难蹂躏着玉树
美丽的玉树顷刻间
满目疮痍遍体鳞伤
生灵涂炭危机四伏
十万人民失去家园

大地淌着血的河流
苍天洒下血的泪水

这一天
远在国外的总书记提前回国
"我要和我的人民在一起"
发自肺腑的声音
震撼了世人的心灵

这一天
温家宝总理站在现场的废墟上
"我们决不放弃"
响彻山河的呐喊
点亮了心灵的希望

这一天
人民子弟兵奋进重灾前线
拯救延伸在废墟里的生命

此时的青海银行人啊
责无旁贷积极投身
一颗颗焦虑的心
牵系着灾区的命运
捐款捐物身体力行
抗震救灾争先恐后

泥泞里跋涉

尘土间拼搏

废墟中创业

与高寒挑战

同缺氧抗争

风雨兼程

夜以继日

从德卓滩

到赛马场

从各行各业

到援建央企

从工作区域

到家家户户

十几位员工

轻盈的身影

像矫健的燕子

穿梭不息……

汗水和心血

浇筑着基石

执著与毅力

铸造着伟业

"真诚贴心、精细高效"

建树着玉树分行的形象

一所简易的板房银行

在废墟中生机盎然
一批年轻的金融战士
在困难中不屈不折
从此
青海银行玉树分行
这个响亮的名字
在通天河畔闪光

那鲜花般的名字
飘香在灾区每一个角落
像是布谷鸟清脆的歌声
在蔚蓝的天空下
唤醒每一个黎明

那劳燕似的身影
深烙在每个客户的脑海
像一束激情燃烧的火炬
在冰天雪地里
照亮每一个寒夜

铿锵的脚步
拓展心中的热望
为废墟里的新生
注入无限的活力
让每个梦境
充盈甜蜜的微笑

创业的跫音
沾满金色的音符
以最激昂的旋律
奏响前进的号角
让事业乘风破浪勇往直前

第一台藏汉双语自助取款机
率先投入使用
首笔灾后重建住房安置贷款
送到牧民手中
突破三十八亿存款额的捷报
传为金融神话

一组组数据
凝聚着一滴滴心血
一缕缕硕果
透射着一份份坚毅

江河记载着
青海银行人的品格
高山镌刻着
玉树分行人的操守

啊
青海银行玉树分行
你是
废墟中绽放的奇葩

你是
灾难中生命的礼赞
你是
阳光中耀眼的光环
你是
长空中搏击的神鹰

请让我
用满腔的真情
为您——引吭高歌

寻山队之歌

高山入云，
入云的高山
挡不住你们的信念。

顶着烈日，
冒着风寒，
你们是可可西里
坚强的寻山队员。

你们的足迹
踏遍可可西里
每一寸土地。

是你们
护卫着珍贵的藏羚，
藏羚羊因为你们安居乐业。

大山记载着
你们的艰辛，
你们是太阳底下

坚强的寻山队员。

寒风剌骨，
剌骨的寒风
摧不垮我们的意志。

面对危机，
临危担当，
你们是雪域高原
勇敢的寻山队员。

你们的慧眼
识破盗猎分子
罪恶的面目。

是你们
讨伐了罪恶的枪口，
盗猎者因为你们闻风丧胆。

江河传唱着
你们的精神，
我们是大山深处
不屈的钢铁卫士。

B大姐

题记：不知道你姓甚、名谁，从未与你谋过面，只是在一次茶余饭后与朋友的交谈中偶然听到了你的故事，故事感人之深，萦绕在脑际久久挥之不去，真想认识你，却永远没有了机会。听朋友说，你曾工作和生活在北区，就冒昧地叫你"B大姐"吧。

B大姐
是民政人
做婚姻登记工作
在她的工作室里
曾经成全了
无数对
终成眷属的
有情人。

B大姐
——爱美
各种名牌服装

都装点过
她的美丽。

B大姐
——好强
同事
朋友
甚至家人
都未曾见到过她
脆弱的一面。

B大姐
——孝顺
上等的食品
考究的衣物
都是她奉敬
尊堂的孝心。

B大姐
——精干
工作、家务
里里、外外
一把好手。

B大姐
——友善
左右邻里

亲朋好友
都被她的磁场
所吸引。

说起B大姐
熟知她的人
都会情不自禁地
竖起大拇指。

B大姐
——招人
就连病魔
也大献殷勤
不知是哪个病魔
看上了B大姐
死死地缠着
B大姐的肝脏不放。

由于魔鬼的"暧昧"
B大姐肝区
隐隐作痛
只身去医院检查
大夫却不愿把
结果告诉她
她恳求：
"大夫
我的病

只需要我自己知道
我不要连累任何人
请把实情告诉我吧?"

大夫拗不过
只好把两个可怕的字眼
抛给B大姐

"肝癌?"
晴天霹雳
坚强的B大姐
冒出一身冷汗。

翌日
B大姐向单位请了假
关闭一切现代通讯
在家整整
调整了一周。

之后
B大姐还是那个B大姐
任何人眼里
都看不出B大姐的异样。

直到后来
B大姐实在顶不住
贪婪而痴情的病魔

就在
H医院住院
S医院化疗
如此
是为了不让亲人
知道她的实际病情
是为了不让亲人
看见她化疗的煎熬。

病魔
憔悴了她的容颜
化疗
脱去了她的秀发
B大姐为此而痛心。

她想：
走
也要走得堂堂正正，
走
也要走得亮亮丽丽。
于是
放弃了住院
放弃了化疗
回单位上班了。

B大姐还是那个B大姐
在人们眼里

并没有别样的感觉。

病魔的"爱恋"
是疯狂的!
它不仅要
拥有肝脏这个局部
还要
吞噬B大姐整个生命。

那是
生命的最后时刻
B大姐的卒年
步入了倒计时
在疼痛难熬的日子里
B大姐半夜起床
竟能把家里
为数不多的几盆花
摆弄到天明
家人的鼾声
驱不走B大姐的疼痛
只有花草
见证了她
从骨缝里渗出的冷汗。

那天
B大姐仿佛预感到什么
向单位递交了休假报告

休假的第三天
她就安详地
闭上了那双好强的眼睛。

人们眼里
一个好端端的B大姐走了
留下了催人泪下的
一本厚厚的遗书。

B大姐
——走了
什么都没有带走
包括她的好名声。

根据她的遗嘱
没有遗体告别
没有追悼会
也没有
劳驾更多的人。

然而
听到消息的人
有的
放下饭碗就来吊唁
有的
从几十里
几百里

几千里
以外的异地赶来
没有哭声
却绽放了
许许多多
以白色为主色调的
五颜六色的花朵。

花间
芬芳着
傲骨未泯的奇香。

八年的守望

——为一个不知名的军嫂而作

题记：八年前，在一次执行任务的过程中，一场突如其来的灾难，使一位军人未来得及与心爱的妻子和儿子道一声别，就匆匆地离开了这个美丽的世界。从此，这位军人的音容笑貌一直珍藏在军嫂的衣食住行里……

八年前，
那个噩耗，
炸碎了你所有的梦，
从此，
一对伉俪阴阳两守望。
从此，
在你残缺的空间里，
布满了他的影子。

墙壁上
是他英俊的肖像，
衣柜里

是他整洁的衣物，
居室里
从前的原样丝毫未变，
饭桌上
一套餐具始终不少，
母子间的话题，
"爸爸"是永恒的主题，
思念的脑海中，
处处都是他可亲的音容与笑貌……

啊，
你在阳界的蓝天下，
坚守着那曾经拥有过的甜蜜，
为日呼夜唤的爱人，
守望了八年光阴，
可是呀，
生命的航行里，
却没有寻觅
能够使自己停泊的
——港湾。

你用顽强
表达哀思，
你用坚韧
证实执著。
八年间，
母子相依为命，

经过了风雨
走过了坎坷，
熬走了长夜
迎来了黎明。
多少次倒下又站起，
多少苦水流成了河……
严寒
没有摧垮你的信念，
艰难
没有磨平你的意志，
岁月
没有冲淡你的思念。
珍藏心底的他，
永远是你不灭的星辰。
为了满心满怀的爱，
每一天升起的太阳，
都是你最灿烂的希望。

兵妹妹

你
扎着
两条小辫辫，
穿上了绿军装，
银铃的笑声，
灌满了
兵哥哥的心窝窝。
噢，
我们的兵妹妹，
就这样
走进了大军营。

军营里，
兵哥哥扛枪你扛枪，
兵哥哥放哨你放哨。
风雨里摸爬，
炎阳下滚打。
烈日
晒黑了
你的脸蛋蛋，

暴风
吹散了
你的娇样样。
防水抗洪
救火救灾
到处留下
你美丽的倩影。

兵妹妹呀，
兵妹妹，
妈妈
眼里的好宝宝，
爸爸
心上的乖娃娃，
为了祖国的安宁，
就这样
走进了我们的大军营。

格萨尔王，中华的骄傲

小时候，
格萨尔的故事
像血液一样
渗透我的躯体，
总有一股
无形的力量，
在生命里澎湃，
伴我在成长的旅途中
乘风破浪。

啊，
格萨尔王，
你是民族的英雄，
你的故事
在草原上传唱。

长大后，
格萨尔的英名
像灯塔一样
引照我的前程，

总有一种
汉子的追求，
在事业中伸展，
让我在艰难的跋涉中
勇往直前。

啊，
格萨尔王，
你是中华的骄傲，
你的史诗
在全世界远扬。

挤奶姑娘

是你
第一个走出帐房，
挤奶的声波
划破了夜的宁静。

是你
第一个迎来黎明，
背水的木桶
舀满金色的曙光。

是你
日夜温暖帐房，
男人为你
勇敢坚强。

是你
第一个甩响牧鞭，
欢乐的羊群
撒满草原山冈。

是你
第一个点燃炊烟，
绿色的草原
溢满醉人的奶香。

是你
日夜装扮草原，
雄鹰为你
展翅翱翔。

大山的孩子

大山的孩子
是被崇山峻岭
封闭的孩子
当高山聆听
他们的第一次啼哭
当溪水接纳
他们的第一次欢笑
当草原感受
他们的第一次跫音
辽阔的牧场
便是他们
生命的乐园

大山的孩子
有着大山般伟岸的母亲
当他们的母亲
分娩出他们的生命
就毅然决然地辛勤劳作
没有城市里产妇的身价
更没有月子的大补大养

当奶香飘起
当牧鞭响起
妈妈们嘹亮的歌声
就已经萦绕在山间

是这群坚强的母亲
赐予了大山孩子
顽强的生命与勇敢
大山的孩子哟
从降生的那一刻
就禀赋了
大山一样的坚毅和挺拔的性格

大山的孩子
是在
羊皮袄的襁褓里
马背的摇篮里
长大的孩子
当他们步入学龄时
颠簸的马背
承载他们走进知识的殿堂

噢
大山的孩子
没见过高翔的飞机
没见过风驰的火车
没见过耸立的大厦

没见过繁华的都市

然而
大山的孩子
却拥有了大山以外
最纯朴
最善良
最真诚的亲人
是他们的深情
安抚了孩子们的心灵
是他们的关爱
美丽了孩子们的憧憬

感谢您啊
祖国各地的恩人们
山再高
水再长
也阻挡不住
你们无疆的大爱
你们的大爱啊
就像全世界最灿烂的阳光

当每一天的太阳升起
你们的关爱
就是大山深处
孩子们心里
最最温暖的阳光

牛 粪

草和鲜花
组成的材料
在牦牛特殊的机器里
加工成产品

温暖是她的天性
在草原
她是牧人
最亲密的伙伴

牛粪之歌

捡呀捡呀捡牛粪，
捡完一筐又一筐。
褐色的珍宝，
熊熊的火焰，
没有你
草原会凄凉。

捡呀捡呀捡牛粪，
捡完一袋又一袋。
绿色的燃料，
淡淡的青烟，
没有你
白云会寂寞。

啊，
牛粪，
鲜花是你的心，
嫩草是你的身，
即使燃烧自己，
也要化作灰烬肥沃草原。

第五辑
影视配文

治多——美丽而遥远的地方

——纪录片《治多,长江源头第一县》解说词(赵忠祥解说)

当美丽的朝霞映染雪峰的时候,深藏在青藏高原腹地的治多,便显露在和煦的晨光中。

"治多"藏语意为长江源头,因而,治多县素以"长江源头第一城"而闻名遐迩,江泽民同志曾为此亲笔题写了"长江源头"的碑文。

亿万年前这里曾是一片汪洋大海,欧亚板块的飘移,喜马拉雅山脉的隆起,造就了一江、九河、十滩及其群峰耸立、草肥水美的自然景观。

千里冰峰、万顷草原曾是吐蕃王国的广袤疆域和格萨尔王后珠姆家族的牧地乐土。博大精深的长江源头文化与神奇的藏传佛教在这里闪烁光芒,矗立在贡萨寺中的宗喀巴佛像金碧辉煌,其高大堪称世界之最。

治多,地处青海省玉树藏族自治州西部,平均海拔4000多公尺,东南西三面与本州的玉树县、杂多县和海西蒙古族藏族自治州的都兰县、西藏自治区的那曲专区毗邻接壤。境内的可可西里山和昆仑山形成千里屏障,号称青海第一峰的布喀达坂峰将青海与新疆紧密相系。全县辖6个乡,在8万2千多平方公里的土地上生活着藏、汉、回、土、蒙古等民族,有2万多勤劳、淳朴、勇敢的藏族牧民世世代代生产生活、繁衍生息在这片辽阔的草原上。

治多，物产丰富，在群山厚土间蕴藏着金、铜、铁、锡、水晶等矿产资源；在雪线草甸上生长着冬虫夏草、红景天、藏茵陈、雪莲、知母、贝母、大黄等名贵的药用植物；在山野丛林中栖息繁衍着藏羚羊、黑颈鹤、白唇鹿、野牦牛、蓝马鸡、雪豹、雪鸡、野驴、盘羊、岩羊等珍禽异兽。

治多，河流纵横、湖泊星罗，其水源自雪山流出，注入通天河、聂恰河、口前河、当曲、莫曲、亚曲和登俄龙曲，汇聚成境内宏伟壮观全长484.4公里的长江水系，穿岭过滩，犹如一条五光十色的飘带，与周围彩珠一般的湖泊交相辉映，勾绘出一幅幅奇幻迷人的山水画卷。

治多，具有强烈而超前的环保意识，先后创建了国家级可可西里自然保护区、国家级长江源生态保护核心站和国内第一个长江源民间自然保护站。涌现出了杰桑·索南达杰等一批卓有影响的环卫勇士。激发了无数志士的环保行动，引来了来自祖国各地、各民族的200多名环保志愿者，甚至有人为此献出了宝贵的生命。在全球环境日趋恶化的今天，可可西里的自然环境与生态保护愈来愈引起世人的关注。

治多，曾在沉寂的风雨中历经沧桑。然而，经过50余年的开发建设，今天的治多，在中国共产党的领导下，在国家实施西部大开发的战略中进一步解放思想，转变观念，与时俱进，开拓进取，欣欣向荣。辽阔的草原上人民安康，牛羊肥壮，经济、文化、教育、卫生、交通、电信等各项事业长足发展。

格拉丹东长江源，横空出世莽昆仑，可可西里自然保护区以及举世闻名的康巴歌舞……正英姿勃发地面向世界，面向未来，面向现代化。

开放的治多，永远向世界敞开大门。

2002年12月16日

曲麻滩——长江的母亲

——纪录片《曲玛滩——长江的母亲》解说词

当我们展开中国地图的时候，标志着青海的那只蛰伏于西部深处、有着黄褐色腹背和蓝宝石般眼睛的高原玉兔便会醒目地映入眼帘。可是当我们再仔细地在玉兔身上去寻找"曲麻滩"这三个字的时候，却很难找到她。然而，"曲麻滩"与中华文明的发祥，与被称为世界第三大江、中国第一大江——长江的发源有着不可割舍的密切关系。因为，唐古拉山主峰格拉丹东雪山就耸立在曲麻滩广袤的草原上，而长江就是从她的胸怀里源远流长，绵延6300公里，横贯青、藏、滇、川、鄂、湘、赣、皖、苏、沪等10个省（区）市，和黄河一起，成为中华民族的母亲河以及中华文明的摇篮。

"问渠哪得清如许，为有源头活水来"。如果说，长江、黄河滋润了960万平方公里的中华大地的话，那么，曲麻滩却当之无愧地孕育了长江之水。

曲麻滩草原地处青海省玉树藏族自治州境内，东与本县的叶格乡毗邻，南与治多县隔江相望，西与可可西里接壤，北与格尔木相连。我国长江源头的第一个行政乡——曲麻河乡就坐落在这里。全乡总面积18397800亩，平均海拔4200多米，辖4个牧委会、12个牧民小组，总人口4300多人。

曲麻滩风景绮丽，地质构造独特。巍峨的昆仑山、峭拔的玉珠峰、险峻的五道梁、禅寂的风火山、神奇的不冻泉以及汹涌的沱沱河、星罗的湖泊、潺潺的溪流等等都被天工神匠们锻造在辽阔无垠的曲麻滩草原上，形成了神话般的仙境。

曲麻滩物华天宝、自然资源丰富，成为令人神往的又一景致：

康宁乃哇金矿金碧辉煌，达哈煤矿流光溢彩，多秀盐矿晶莹闪烁。

红景天、藏茵陈散发着高原名贵植物的奇异芳香，藏雪莲在雪山顶上英姿招展。

尤其令人振奋和难以置信的是在全球生态急剧恶化的今天，曲麻滩的青草绿水养育着成百上千的野牦牛，成为这个世界上最大的野牦牛繁育栖息的天然乐园。去可可西里产羔的藏羚羊群，当它们完成产羔的使命后，便浩浩荡荡地迁徙到曲麻滩草原。每到曲麻滩草肥水绿的季节，这片覆盖在蓝天白云下的草原又成了珍稀动物的王国。因此，2003年曲麻滩被列为国家级野生动物自然保护区。

曲麻河乡自1963年建政迄今40多年来，在中国共产党的光辉照耀下，发生了翻天覆地的变化，特别是在西部大开发战略的实施中，实现了水、电、路三通，而且在本乡境内铺就了长达185公里的铁路，成为玉树藏族自治州境内有史以来唯一通铁路的地区。

生活在曲麻滩的藏族人民勤劳勇敢、纯朴善良，堪称世界上生命力最强的民族之一。他们世世代代繁衍生息在这片地球最高的草原上，他们热爱生活、热爱大自然、依赖大自然、美化大自然，像珍惜自己的生命一样珍惜着大自然，像创造自己的生活一样创造着长江源头的文明。

曲麻滩草原曾是英雄格萨尔的故乡，格萨尔王的坐骑曾在这里叩响过山谷的回声，格萨尔王的战刀曾在这里划破黑暗的长夜。这里的山山水水到处荡漾着英雄格萨尔王的故事。

曲麻滩美丽的大自然和神奇的人文景观，无论如何都是无法用语言和文字来表述清楚的。但是，我们可以毫不夸口地说：

这里是自然，融入她，
有青山绿水的清新怡人；
这里是窗口，开启她，
有雪域文明的神奇灿烂；
这里是殿堂，踏进她，
有超凡脱俗的至尊感受；
这里是家园，体验她，
有如临亲情的真诚友善。
啊，朋友，
曲麻滩永远向你敞胸开怀，
欢迎你亲临艳丽秀美的草原。

2004年3月4日于西宁

宣传片《天成杂多 人间奇景》解说词

当杂嘎波从北面的曲郭扎西曲哇缓缓向东流淌，与由南向东急流而下的杂拿波在杂嘎囊森多汇聚后，才形成了真正意义的杂曲，即澜沧江。从此这条号称东方多瑙河的东南亚第一长河，穿山越滩，一路欢歌，经过4909千米的长途跋涉后，化作一条从雪域高原伸向东南亚六国的吉祥哈达，连接着六国人民的友谊，滋养着江河流域七千多万人的幸福生活。

澜沧江的摇篮——杂多，平均海拔高度4500千米以上，是世界屋脊上充满神奇和无穷魅力的神圣而圣洁的净地。

这里的山，高耸入云，巍峨壮观，也不乏秀色斑斓。

看雪峰——披银戴甲，白雪皑皑，晶莹剔透。

看石山——高扬挺拔，怪石嶙峋，令人遐想。

看青山——松涛荡漾，绿草茵茵，苍翠欲滴。

看丹霞——层次错落，七彩斑斓，目不暇接。

这里的水，波光粼粼，纵横交错，却不减磅礴气势。

看山泉——清澈见底，涓涓流淌，溪声撩人。

看湖面——披光载影，涟漪推波，深不可测。

看江河——洋洋洒洒，无拘无束，浩浩荡荡。

看瀑布——从天而降，飞流直下，势不可挡。

蓝天白云下，珍禽划过云端，自由飞翔。

青山绿水间，异兽傲居一方，出没自如。

草原上，牛羊肥壮，牧人随水草而居，悠闲自得。

当一股股飘逸的炊烟，化作缕缕青云时，一派宇宙间万物和谐的美好景观在自然天成的杂多，演绎得淋漓尽致。

站在这片神奇的土地上，每一次回眸，每一次凝视，都会感受到她那令人震颤的神奇和壮美，蓝的天，白的云，绿的草，鲜艳的花朵，梦幻般的雪山，郁郁葱葱的林木，波光粼粼的湖面，奔腾咆哮的江河，淳朴善良的人们，一切的一切，都是那么让人流连，那么让人心动，那么让人神往。

啊，

走进杂多——亲近母亲河澜沧江；

走进杂多——寻访达色王国古都；

走进杂多——感悟自然天成魅力；

走进杂多——体验冬虫夏草神奇；

走进杂多——让自我与天地交融。

纪录片《山清水秀三江源》解说词

王贵如　东珠瑙布

这是一片离天最近的土地，平均海拔4200米以上。

这是一片神奇的土地，"江从格拉丹东来，河自巴颜喀拉出"。因为地处"三江源"，那一份高峻壮美总是吸引着世人的目光。

这里，就是素有"江河之源、名山之宗、牦牛之地、歌舞之乡"，"唐蕃古道"之称的玉树藏族自治州。

当第一缕晨曦穿过薄雾照亮大地时，玉树显得如此静谧、如此美丽。

玉树，是全国30个少数民族自治州中主体民族比例最高、海拔最高、人均占有面积最大、生态位置最重要的一个自治州。自治州面积为26.7万平方公里，占青海省总面积的37.2%。下辖玉树、称多、囊谦、杂多、治多、曲麻莱6个县（市）。总人口为39.48万，其中藏族人口38.54万，占总人口的97.6%。

这里是"江河之源"，中华民族的母亲河长江、黄河和东南亚第一巨川湄公河（即澜沧江）均发源于此。境内水利资源富足，三大江河支流纵横，湖泊星罗棋布。带着岁月的守候，带着冰雪的礼赞，涓涓细流最终汇聚成河源区"万流归河"的壮美景象。

这里是我国重要的水源涵养地，是我国重要的生态安全屏障，也是地球生物链中的重要环节、生物多样性的重要载体和珍贵生物基因的重要宝库，一向有着"中华水塔""亚洲水塔"的美誉。这里生态效应的开放性、共享性和外溢性，生态地位的重要性，使其在保障国家生态安全、建设生态文明中，具有不可替代的战略地位。

这里是"名山之宗"。可可西里山、巴颜喀拉山横贯北境，唐古拉山脉绵延南境。仅玉树市附近海拔在5000米以上的山峰就有900多座。

这里是"歌舞之乡"。"会说话就会唱歌，会走路便会跳舞"。康巴歌舞在青海民间歌舞中独树一帜，有着极高的艺术观赏价值。粗犷豪迈的歌声唱起来，飘逸洒脱的长袖舞起来，在这天高云淡的地方，俊美铿锵的康巴舞蹈定会让你感受到人世间至真至纯的生活之美、艺术之美。

这里是野生动物的乐园。广袤的丛林原野之中，活跃着野牦牛、野驴、藏羚羊、岩羊、黄羊、白唇鹿、马鹿、金钱豹、雪豹、猞猁、棕熊和黑颈鹤、蓝马鸡、雪鸡等各种珍禽异兽。各种大自然的精灵和谐共处，到处生机盎然。

这里，也是格萨尔史诗的滥觞之地。卷帙浩繁、极富魅力的格萨尔说唱艺术在这片土地上广为传唱，经久不衰。

这里，还是唐蕃古道的必经之地。以古道和商路为主线，境内的名胜古迹星罗棋布，风土人情多彩多姿。

原生态的自然景观，纺织、打酥油、挤牛奶等朴拙的生产、生活方式，唐卡、堆绣等民族、民间工艺以及博大精深的宗教文化和绚烂多彩的民俗风情、节庆活动，都在尽情地展示着玉树的自然之美与人文之美。

7至8月，是最能展示玉树风采和魅力的季节。每年一到这个时候，沉默了一个冬季的茫茫群山，一夜之间竟会变得满目葱茏，迸发出它的无限生机。草原上一片碧绿，到处盛开着一朵朵、一簇簇姹紫嫣红、灿若云霞的野花。邦金梅朵、尕依金秀、秀智梅朵、羊羔花、藏菊花……应有尽有，美不胜收。

皑皑的雪山，湛蓝的天空，怒放的花朵，碧绿的牧草，在阳光下闪动着水晶般光芒的小溪流……这一切，使玉树成为一幅让人流连忘返的山水画卷。

每年夏季都会如约而至的赛马节、康巴艺术节让寂静的草原变得热闹非凡。草原牧民一个个身着节日盛装，脸上绽放着舒心的笑容。

作为世界上唯一一个征服了野牦牛、使其成为自己生产、生活工具的民族，藏族人民对牦牛情有独钟。他们在赛马的同时，也举办了盛况空前的牦牛文化节。

玉树藏族自治州首府玉树市结古镇是历史上唐蕃古道的重镇，也是青藏高原一处重要的民间贸易集散地。如今，柏油公路像一条条黑色的飘带，贯穿于这条被古人视为畏途的唐蕃古道上，现代化的玉树机场为人们带来了"关山度若飞"的方便与快捷。

玉树市纵跨长江与澜沧江两大水系，地势高峻，地形复杂，由唐古拉山余脉勾吉嘎牙至格拉山构成从东向西横贯市境的地形骨干。这里的地貌以高山峡谷和平原为主，间有许多小盆地。

这里，就是人称玉树美丽后花园的巴塘草原。巴塘草原距离结古镇19公里，是两座山脉中的一条平川，辽远广阔，景色壮丽。特别是春夏季节，这里绿草如茵，鲜花遍野，大地像铺上了一层厚厚的花毯。

沿着巴塘草原向玉树腹地进发，景色越加迷人。

峡谷、雪山、河流、草地交相映衬，粗犷中显出柔美，博大中透露雄奇。

那姹紫嫣红的野花，色彩斑斓的山林，银装素裹的神山，以及清澈湛蓝的海子，无不令人目醉神迷。

瓦蓝的天空中，一片片白云自在悠然地飘荡。碧绿的草地上，一朵朵花儿尽情开放。远处，清澈的溪流一路欢歌，婆娑的云雾在山巅起舞……

文成公主庙是唐蕃古道的重要文化遗存之一。从沟口向沟内进发，不多久就来到勒巴沟岩画区。勒巴沟岩画位于玉树州境内的通天河畔。通天河的喧嚣、壮阔和勒巴沟岩画的静谧、神圣在这儿相互衬托，相得益彰。

勒巴沟以石刻著名，这千年的佛界嘛呢实属人间奇迹。这里的岩画、石刻遍布河中、草地与山崖之上，数不胜数。藏族人民把这些刻着经文的石头统称"嘛呢"。山体上的摩崖石刻叫作"山嘛呢"，浸润在涓涓流水之中的石刻叫作"水嘛呢"。

年代久远的石刻，相传是文成公主和金城公主前后进藏途经此地时留下的，还有一些是当地佛教信徒后来凿刻的。

婀娜多姿的黑颈鹤，在绿色的湿地上翩翩起舞，这，就是著名的"黑颈鹤之乡"——隆宝滩国家自然保护区，位于玉树藏族自治州首府结古镇西南约80多公里的地方。作为三江源的著名湿地，隆宝滩以黑颈鹤而名闻天下。这是一块长约10公里、宽约3公里的狭长沟谷地带。谷地两边是起伏连绵的蘑菇状山峦。两山之间，是大片广阔平坦的沼泽草甸，自然环境宁静而幽雅。这里有许多纵横迂回的溪流、星罗棋布的湿地，它们将草地分割成大大小小的"绿岛"。"绿岛"上生长着茂盛的水草，周围的沼泽溪流中生长着许多高原鱼类。独特的自然条件和生态环境，为鸟类栖息创造了良好条件。每年春夏之际，许多珍贵的候鸟，如黑颈鹤、斑头雁、棕头鸥等纷纷飞到这里繁衍后代。被列为我国一级保护动物的黑颈鹤，每年更是成群成批地飞到隆宝滩栖息。

春天，它们从云贵高原飞来，在隆宝滩建窝筑巢，生儿育女；秋天，它们携儿带女，一路欢歌，飞至云贵高原越冬。就这样周而复始，来来去去，一代又一代地以隆宝滩为家。

念经措三圣地风景区地处玉树市上拉秀乡境内，它由湖（念经措）、山（念经拉日）、石窟（莲花山伏藏崖）等景观聚合而成，显得美丽而又神奇。念经措三圣地充满着神奇与灵性，民间传说念经措是卓玛（度母）的法场与修行圣地，湖中有18座卓玛拉康（度母佛寺），每逢藏历十五等吉日，湖中便传来神奇的诵经和法器声。当地牧民每年在藏历8月20日举办赛马、颂山、祭湖等活动，庆祝风调雨顺、生活安康。

这是位于玉树市仲达乡通天河南岸的藏娘佛塔，高大伟岸的塔身，古色古香的造型，加上970多年的悠久历史，勾勒出了它苍凉朴拙的风貌。藏娘古塔是印度佛学大师班禅弥底在玉树地区弘法时所建，传说塔中珍藏着释迦牟尼的舍利子，具有不可思议的功德与加持力，许多佛教信徒抗拒着大自然的百般折磨，慕名前来朝拜，日夜转塔的人像潮水一般络绎不绝。

通天河是长江流经玉树州的名字，全长800公里。河中乱石穿空，水流湍急，惊涛拍岸。这里风光险峻奇绝，自古以来就是西宁通往玉树、青海前往西藏的必经之路，也是通天河上游的一大天堑。通天河大桥南岸有一块巨大的岩石名"晒经石"，石旁古柏群上挂满经幡。传为当年唐僧师徒取经归来，途经通天河时，因辜负老龟嘱托，被掀翻落水之地。河对面形似乌龟的小山丘，相传是老龟的化身。

称多县地处青南高原，平均海拔4000米以上。巴颜喀拉山横贯县境北部，通天河自西北向东南流经县域西南，扎曲（河）横穿境中。

翻过巴颜喀拉山，那一望无际的草原就是称多县境内最为辽阔、最为富饶的嘉塘草原，它不仅滋养着成群的牛羊，还孕育了雅砻江的源头扎曲（河）。这里的牧民逐水草而居，与蓝天白云为伴，过着无忧无虑的幸福生活。

拉布寺，与玉树的绿化有着神话般的奇缘。据说，100年前，拉布寺嘉央洛松尖措活佛，赶着500头牦牛，不远千里从西宁、湟源等地驮来树苗，在拉布草原栽下第一棵白杨树。从此，白杨树在玉树地区广泛引进，逐渐枝繁叶茂，成为玉树绿化的一大亮点。

元朝帝师噶阿尼丹巴创建的尕藏寺以及佛教名塔却丁噶啵等在霞光中巍然矗立，成为藏族人民心目中的精神寄托。

囊谦县位于青海省最南端，玉树州东南部，与西藏昌都地区接壤。囊谦不但具有充裕的大气降水，有丰富的地表河流水，还有自然天成、富含多种矿物质的达纳温泉；有制盐历史悠久、制盐方式古老、独特的盐场。扎曲、孜曲、巴曲、热曲、吉曲五条大河横贯全境。囊谦以山峰众多出名，这里有着大片的原始森林，山势巍峨，古树参天，又有千年古寺，悠悠传统。

这就是因与藏族古代英雄格萨尔王紧紧连在一起而享誉藏区的达那寺。寺院的西山上屹立着格萨尔王三十大将及叶巴活佛的灵塔。与三十大将灵塔相对应的东山之顶相传是历史上著名的藏族建筑师、八大藏戏的创始人唐东杰波的自显像。寺内，矗立着康巴三杰之一、帕竹噶举的创始人帕姆竹巴和藏医神宇妥·元丹贡布及佛母玛吉拉忠的灵塔。寺院周边则绿草如茵，松柏苍翠。清澈的麦曲河自山根缓缓流过，远处是无极的蓝天，因为夕阳，那蓝色中透着一层粉红。

这是位于囊谦县尕丁寺的澜沧江大回漩，气势壮阔，摄人魂魄。

海拔4000多米的格迦寺，曾是历史上全藏区最具规模和影响力的尼姑寺，虽居大山深处，但千百年来一直香火不断。在这里我们见到了最朴素简易的寺庙，也见到了修行最严格的尼姑。

在格迦寺后面的山坳上有许多只容一人打坐的洞口，许多尼姑常年在那里打坐修行，外面的风吹草动丝毫也影响不了她们内心的平静与安宁。

千年古刹尕尔寺，远远望去，犹如镶嵌在悬崖之上。这里天人合一、万物和谐，成群的岩羊来去自如，与人戏耍。寺中充满神奇的大唐经轮，相传是文成公主进藏时带进藏区的经轮之一。它的昼夜旋转，让人感受到了这片土地的厚重与人民的虔诚。

杂多县位于省境西南部，州境东南部，与西藏自治区接壤。澜沧江即发源于杂多县。其南源在莫云乡的扎那日雪山，海拔5224米；北源在扎青乡富吉山，海拔5200米，它有一个非常吉祥的名字叫曲果扎西曲哇，意即吉祥源头。

南北两源在杂嘎囊森多汇合，犹如黑白两条巨龙交织在一起，奇妙无比，令人遐想。

治多县位于省境西南部，平均海拔在4500米以上，因地处长江源头而被誉为万里长江第一县。境内雪山连绵，冰川广布，河流纵横交织，湖泊星罗棋布。

长江正源沱沱河发源于该县境内的格拉丹冬，格拉丹冬西南最大的山谷冰川——姜古迪如冰川是长江的发源地。格拉丹冬东侧的岗加巧巴冰川，那一座座高达二三十米晶莹剔透的冰塔，在阳光下形态各异，如冰晶一般的宫殿，不失为唐古拉山脉的一道奇景。特殊的地理位置，使它成为中国长江流域乃至南亚和东南亚国家的"生态之源"。雄踞县境北部的莽莽昆仑，西起帕米尔高原，东至四川西北部，全长2500公里，是亚洲最长的山脉，被称为"万山之宗"。

长江，自格拉丹冬雪山一路向西，又在治多县立新乡叶青村科友拉山完成第一次大转弯，开启了她滚滚长江东逝水的伟大使命。

治多嘉洛草原，相传是珠姆出生的地方，这里的山山水水都带上了她的姣好和灵气，留下了她勤劳的足迹和曼妙的舞姿。

曲麻莱县坐落在辽阔的青草地上，在朝阳的辉映下，显得如此清新透亮，生机盎然。

境内巴颜喀拉山麓的约古宗列盆地是黄河的正源。曲麻莱横跨通天河（长江）、黄河两大水系，县境西北部为宽谷大滩，地域辽阔，东南重山叠岭，平均海拔在4500米以上，堪称"江河源头"地区，其生态地位十分重要。

作为黄河母亲的发祥地，这里积淀着极其丰厚的人文内涵。格萨尔赛马称王时的登基台在这里静立千年，默默地向人们讲述着英雄格萨尔降妖伏魔的故事。

位于曲麻莱、称多两县境内的尕朵觉悟神山是藏传佛教的四大神山之一，它以其独特的自然景观、浓郁的佛教色彩和源远流长的历史文化而蜚声雪域，享誉八方。人们常常把它与普陀山、峨眉山、五台山相提并论。它的主峰四周有序地护卫着28座山峰，当地人称它们为尕朵觉悟神的28员大将。

三江源自然保护区和可可西里自然保护区覆盖玉树藏族自治州全境。这两大自然保护区风景独特，地理、生态意义非同寻常。

可可西里位于青藏高原西北部，夹在唐古拉山和昆仑山之间，是长江的主要源区之一。保护区地势高峻，平均海拔在5000米以上，是目前世界上原始生态环境保存最为完美的地区之一，也是最后一块保留着原始状态的自然净地。

这里是野生动物的天堂，成群的藏野驴自由自在地追逐奔驰，结队的黄羊翘着白尾嬉戏玩耍……野牦牛、白唇鹿、棕熊等青藏高原上特有的野生动物都有出没。国家一级保护动物藏羚羊，更是成群结队地出现在人们的视野里。

天人合一，万类霜天竞自由的和谐景象呈现在辽远、苍凉的可可西里。有资料显示，可可西里目前是中国动物资源比较丰富的地区之一，拥有的野生动物多达230多种，其中属国家重点保护的一、二类野生动物就有20余种。

这，就是美丽动人的三江源自然保护区。它的总面积39.5万平方公里，占青海省总面积的一半。

三江源自然保护区不仅是目前中国面积最大的自然保护区，也是世界高海拔地区生物多样性最集中的地区和生态最敏感的地区。

三江源自然保护区中的三江源区是青海南部的高原主体，昆仑山及其支脉可可西里山、巴颜喀拉山、阿尼玛卿山、唐古拉山等众多雪山的冰雪融化后，汇聚而成哺育中华民族的长江、黄河和澜沧江等大江大河，形成了中国乃至亚洲重要的水源涵养地，因此，这里被称为"中华水塔"。特殊的地理位置、区域性涵养水源的重要功能以及对三江流域生态环境的直接影响，使这里成为生态建设的战略要地。

生态脆弱的青藏高原有着如此良好的环境，与藏民族的环保意识及其传统文化有着密切的关联。藏族人民在与赖以生存的自然环境的不断对话中，逐渐形成了珍爱自然、体恤生灵的传统观念。这种世代相传的、朴素的环境保护意识，已成为藏族人的集体意识和行为准则，他们始终对大自然珍爱有加，与万能的大自然友好相处。

瞧，这些寺庙中的僧人，这些草原上的孩子，都已是忠实的三江源护卫者，他们爱护着脚下的一草一木，爱护着这里的山山水水……

星罗棋布的海子和源头湖泊，像一颗颗熠熠发光的明珠，闪烁在苍翠欲滴的草原之中。

绿草繁花，叶叶相叠，在阳光中不断变幻着色彩和形态。那打在草尖上的阳光，七彩迷幻，让人忍不住想揽一把到怀里，到手中。

河水顺着山涧峡谷曲曲折折，一路奔来，水在石穴中流淌，起伏跌宕，发出欢快的歌唱。

千百年来，江河之水就是这样静静地流过玉树大地。这一条条细弱的溪流，又怎能让人想到长江、黄河、澜沧江的汹涌澎湃，一泻千里？它们从雪山冰川出发，一路上携带雨露阳光，吸纳万千水流，汇成浩浩江河，穿山越岭而去。

这，或许正是高原的胸襟与情怀？

这，就是玉树，一个充满诗情和画意的地方，一个见证大自然富有和深邃的地方。

这也是一片充满神秘和神性的土地。到处都有飘舞的风马旗，到处都有写满传说的景观。

玉树灾后重建以来，党中央，国务院，青海省委、省政府，玉树州委、州政府高度重视玉树灾后重建的生态环境保护工作，从规划编制、政策法规、科学技术、重建资金、生态修复等方面给予了重点扶持。

新一届中央领导集体和青海省委、省政府，玉树州委、州政府高度重视三江源生态文明建设。他们就三江源生态保护做出了一系列重要指示。

习近平总书记强调，青海是"中华水塔"，西藏是"世界屋脊"，如果把青海、西藏污染了，多搞几百亿的生产总值有什么意义呢？青海在全国是有战略地位的，特别是在生态保护建设方面，如果生态破坏了，对全局是大的干扰，抓好了，中央和老百姓都满意，反之都不满意。

李克强总理在部署推进青海三江源生态保护等一批重大生态工程的会议上指出"守护绿水青山，留住蓝天白云，是全体人民福祉所系，也是对子孙后代义不容辞的责任"。

青海省委书记骆惠宁、省长郝鹏都一致表示，要切实把中华民族的生态屏障维护好，为建设美丽中国，应对全球气候变化做出不懈努力。

中央、省委对生态文明的新部署、新要求，为进一步加强三江源保护指明了方向，提供了难得的机遇。作为新设机构的玉树州环保局，深知保护和建设好三江源生态环境，对于实现本地区可持续绿色发展以及支撑全国绿色发展、应对全球气候变化所具有的重要意义和自身所肩负的重大责任。在州委、州人民政府的直接领导下，在省环境保护厅的大力支持下，玉树州环保局不辱使命，始终坚持以党的十八大精神为指导，深入贯彻落实科学发展观，在玉树灾后重建中，将环境保护工作纳入工作重点，大力推进生态文明建设，着力解决影响科学发展和损害群众健康的突出环境问题，以经济建设促进环境保护，以环境保护优化经济发展，走保护与发展并重的道路，扎实有效地推动了三江源头的环境保护工作。

在灾后恢复重建中组织实施了能够达到国家卫生防疫和环境保护双标准、全程负责玉树地区一市五县医疗废物的收集、密闭运输、安全处理的州医疗废物集中处置中心；全球海拔最高、同类规模企业污水处理达标最高、污泥含水率最高，污水预处理区、污水深度处理区、污水生化处理区、污泥脱水车间、锅炉房、配电室、中控室、化验室等设施齐全的玉树市污水处理厂；集容拦挡坝、土石方工程、截洪沟、排洪沟、裂隙水导排系统、填埋区防渗系统、渗沥液收集导排系统、渗沥液调节池为一体的玉树市垃圾填埋厂以及噪声自动监测站点、环境空气自动监测站、辐射环境国控标准型辐射连续自动站、断面水质自动监测站等建设项目。

随着这些项目的相继建成并投入运行，玉树的环境保护工作迈上了一个现代化的新台阶，为"绿色玉树、和谐玉树"建设提供了强有力的支撑，为全省、全国生态文明建设做出了积极的贡献。

经过连续多年的努力，三江源地区生态环境得到初步改善，草地退化趋势得到遏制，草畜矛盾得到缓解，湿地生态功能逐步提高，湖泊水域面积明显扩大，流域供水能力明显增强，严重退化区植被覆盖率明显提升。

又一个清晨降临了，玉树大地清风习习，它将草原特有的馨香轻轻吹向遥远的天际。

晨光中美丽纯净的玉树草原，让玉树环保人更加懂得肩上的分量。守护三江源的山清水秀，是他们义不容辞的神圣职责。

澜沧神韵　天成杂多

——纪录片《澜沧神韵　天成杂多》解说词

王贵如　东珠瑙布

这里，号称：

——中国澜沧江源第一县。

——中国长江南源第一县。

——中国冬虫夏草之乡。

——中国雪域牦牛文化发祥地。

——中国雪域山歌之乡。

——中国格萨尔说唱艺术之乡。

——中国雪豹之乡。

她，就是闪烁在青藏高原的璀璨明珠——杂多。

"杂多"是藏语，意为"澜沧江源头"。隶属于青海省玉树藏族自治州，与西藏自治区接壤。

杂多县下辖萨呼腾镇、昂赛乡、结多乡、阿多乡、苏鲁乡、查旦乡、莫云乡、扎青乡8个乡（镇）。总面积33333平方千米。

这里的冰川、雪山，会让人瞬间领略与其他地方迥然不同的大美景象。

瞧，千姿百态的冰塔林，就像座座水晶峰峦那样迷人；景色旖旎的雪山银峰，犹如披坚执锐的勇士那般威武。

这就是母亲河澜沧江的"乳房"——曲郭扎西曲哇。"曲郭扎西曲哇"是藏语音译，意为"吉祥源头"。

它坐落在杂多县海拔5200多米的杂纳荣草原上。这里的高原湖泊，在草原上星罗棋布。有的深不见底，有的浅不盈尺，有的清澈似镜。湖中生长着大量水草，海藻一类的植物更是蓬蓬勃勃。这，大概也是青藏高原曾经是一片汪洋大海的证据之一吧。

谁能想象，流光溢彩、绕过一座座山峦的澜沧江，会在源头平静如眠，蓄势待发，留下让人赞不绝口的江源美景？

谁又能想象，挟雷裹电、冲出一道道峡谷的澜沧江，就是从这里，敞开胸怀，昂首向前，才有了千里万里的漫漫旅程？

在湖泊的间隙处，从扎那日泻下的泉溪顺着自然形成的小沟小壑汩汩流淌，游龙似的南来北往，迂回穿插。那随意弯曲的弧度，为草原增添了许多优美而又委婉的风度。

正是这些貌不惊人的涓涓细流，造就了波澜壮阔、气势磅礴，被誉为"东方多瑙河"的东南亚第一长河——澜沧江。

澜沧江不避艰险，穿过一道道群峰耸立、岸壁夹峙的山峡。它恋恋不舍地绕过林区、山涧、峰谷，一路奔流，从平静走向湍急，浩浩荡荡，飞起千层浪花一泻千里。

长江南源——当曲，发源于唐古拉山脉东段，是地球上海拔最高的一片沼泽地。当晚霞映红当曲河的时候，皎洁的月亮成了她不弃不离的守护神。

五彩泉华池，被笼罩在巴茸巴空峡口乳白色的雾气中，池中温泉涌动，色彩斑斓，令人流连忘返。

托吉药水泉海拔4300多米，有许多能治不同疾病的泉眼。据说这里的温泉能治百病，每年都有专程泡温泉的人们在这里安营扎寨。

眼睛湖，多么好听的名字！它像两颗熠熠发光的珠宝，镶嵌在苍翠欲滴的草地上，那般清澈，那般透明，仿若世间妙龄女子那含情脉脉的双眸。

曾经，唐蕃古道、茶马古道从这里穿域而过，流传着许多美丽动人的故事。

而今，第八、第九青藏公路即将全线贯通，成为省内通往西藏最短的路线。

瓦里神山，是杂多地区最早被认定和开光的三座神山之一。山脚下五颜六色的经幡在风中猎猎飞舞，雄伟的宝塔在皑皑白雪的映衬下越发显得圣洁庄严。

神山下有一条瓦里沟，沟里到处是嘛呢石堆。这里是信教群众精神依托的圣地。人们在这里刻石经、筑泥塔、挂经幡，为众生祈福。

昂赛生态景区，是杂多县唯一一处拥有广袤森林植被的地方。

远处，丹霞山巅在阳光下闪着耀眼的光芒，一朵朵白云悠闲地在天空漫步。

近处，青山松林在艳阳下流光溢彩，绿意盎然的草场上点缀着各种各样的花朵。

丹霞，在这里独领风骚。五彩斑斓的奇山异峰千姿百态，几乎具备了丹霞地貌所定义的所有景观。

神功造化、自然天成的释迦佛头、莲师讲经、观音远眺、金鸡报晓、擎天石柱、乃本格拉巴瓦山、金字塔等奇特的景观令人叹为观止。

这里的人类活动，也有相当的历史。

在吉日沟的一处石洞里，有一座斑驳沧桑的佛塔，具体建筑年代已无从查考。这座佛塔样式独特、风格古朴，在藏区所有的佛塔建筑中可谓绝无仅有。

这是一座平面光滑的丹霞山体，从理论上讲，人类是很难攀岩而上的。然而，山体的中央却有一个岩洞，岩洞内，刻有日、月、海螺及一些苯教符号，被人们称为"日月洞"。更为奇特的是，在洞口的外沿有一些让现代人无法识别的符号和画像，仿若外星人造访的地方，令人遐想万千。

"56棵民族团结藏柏"，更具传奇色彩。不多不少，恰巧56棵藏柏树簇拥成林，犹如我国56个民族团结、凝聚在一起，而且，56棵树棵棵都苍翠挺拔，象征着中华民族的繁荣与昌盛。

这是格萨尔王时期留下的遗址，被称为"森阿色遗址墙"。它是一段让人铭记于心的过往。

海拔4200米、雄伟壮观的喇嘛闹拉神山是藏区十三大神山之一，也是西藏阿里地区冈底斯山的守门神，山上有自然形成的白塔，人称"自然塔"。

神山脚下有一处温泉，温泉中含有丰富的矿物质。泉水潺潺湲湲，在距离温泉百米开外的地方流下山崖，形成瀑布。

冬天，瀑布演化成一条条晶莹如玉的冰柱，飞溅的水花在阳光的照射下，闪现着缤纷的色彩。

每年春回大地，青藏高原的冰雪缓慢融化的时候，挖虫草的季节就到了。冬虫夏草为这里的牧民赋予了殷实的生活。看看牧人脸上那灿烂的笑容，就知道他们今天收获不小。

每年的七八月，是草原上最热闹的时候。因为黄金季节短暂，因而显得格外珍贵，格外迷人。

在这美好的季节里，沉寂多日的草原迎来了一年一度的喧嚣与热闹——"首届澜沧江风情文化旅游节暨冬虫夏草品牌交易会"在这里拉开了序幕。

独树一帜，别具风采的康巴歌舞表演以它的刚健豪迈、粗犷奔放，为这片土地营造出卓尔不群的民间艺术氛围。

而珠光宝气、雍容华贵的民族服饰最能吸人眼球。它不仅是藏族人民的生活用品，更是生活富裕、欣欣向荣的美满象征。

你追我赶、剽悍有力的赛马活动无疑是这片大地上一道亮丽的风景线……

驰名中外的杂多冬虫夏草品牌登场亮相，成为交易市场的一大亮点。

杂多不独自然景观引人入胜，多元的人文景观同样让人倾倒。卷帙浩繁、极富魅力的英雄史诗《格萨尔》在这片土地上广为传唱，经久不衰。格萨尔遗址随处可见，格萨尔文化影响深远。

这是传说中的大食诺王遗体化石。在格萨尔史诗《大食施财》里描述格萨尔王南征北战、降妖伏魔，用四个巨长无比的铁钉将大食诺王钉起来并用长矛刺中心脏。大食诺王死后形成了今天的山体化石。

这是格萨尔王传分部本《大食施财》整本的藏文书法长卷，全长150米，是目前世上最长的格萨尔分部本的藏文书法长卷，正在申请吉尼斯世界纪录。

悠扬的格吉萨森章优美动听，像无数鸟儿在晴空放歌，缭绕山谷。是广袤的杂多草原孕育了这一广泛流传于藏区的山歌曲调。

挤牛奶、打酥油、捡牛粪等朴拙的生产、生活方式；藏家银器、手工编织等独具匠心的民族、民间工艺以及民间体育、康巴歌舞等绚烂多彩的民俗风情、节庆活动，都在尽情地展示着杂多的人文之美。

新城建设初具规模，已成为全县的政治、经济、文化的中心。

原生态的自然景观和多姿多彩的人文景观交相辉映，在这片离太阳最近的土地上一同闪烁着"澜沧神韵""天成杂多"的辉煌与灿烂。

美丽悠长的澜沧江，就这样带着源头人民的善良与真情急流而下，她像一条圣洁的哈达连接着东南亚六国人民的友谊。

她，一路奔放、一路滋养，为两岸的人民传递着吉祥与幸福。

愿来国庆对音乐艺术的追求
像岩缝里盛开的花一样坚忍不拔

　　早就听说国庆在为出版第一部个人专辑的事情奔波忙碌，因为看好这个艺术天赋比较高、具备一定造诣而且既谦虚又执著的蒙古族小伙子，一直期盼着能尽早拿到他的专辑。恰在10月31日午时，国庆将一部用蓝色哈达包裹着的、装帧得像一本书一样的音乐专辑《岩缝里盛开的花》送到我的手上，通过专辑的外包装不难看出国庆为此而倾注的所有心血。

　　吃过午饭，我便迫不及待地把十三首歌曲细细地品味了一番。当一幅幅MTV里的画面映入眼帘的时候，导演极富创意的策划和摄影师精美的拍摄技巧以及视频制作者的精剪细饰着实让我大饱眼福；当一首首悠扬动听的歌曲穿透我的脑际、划拨我的心海的时候，我深深地被每一首流响于国庆心灵深处的音符所吸引、所感染、所打动。可以说近几年来，影像市场已经被利欲熏心的商人们搅得浑浊得极不成样子，而且很多歌手只热衷于自我推介，把"出名"看得很重，却疏忽了本质和灵魂的东西，不对歌曲的制作进行精雕细琢，不肯从对作品的理解、演绎、诠释和演技上下苦功夫，从而粗制滥造，次品泛滥。然而，国庆的专辑无论是包装的精美，还是音、视频制作的严谨，抑或是演唱技巧和表达的细腻都堪称当下影像市场中脱颖而出、表里一致、水准很高的精品，所以专辑一上市，即被一抢而空。据我所知目前在西宁市场上已经脱销。

国庆的专辑具有几个鲜明的特点，一是伴奏制作得精致细腻。根据不同的音乐元素，用不同的民间或现代乐器配器，处理得饱满精细，让人听了悦耳赏心。二是语种丰富。既有汉语的演唱还有蒙语、藏语的表达，某些歌曲中还穿插了英语说唱。三是形式多样、样样出彩。既有热情活泼的通俗歌曲，亦有深情悠扬的传统民歌，还有极富现代特质的老歌新唱。四是国庆的演唱音色优美、表情达意、真情洋溢。无论是用汉语，还是用蒙语、藏语都能够非常清晰地把作品演绎得淋漓尽致，表现出了一个歌者的整体素养，切实把握了对词的准确诠释和对曲的完美驾驭。

美丽的《天上人间柴达木》养育了秉性耿直、《心在高原》的来国庆，并赋予他与众不同的艺术灵性。执著好学的他，在与生俱来的音乐天赋的驱动下，不弃不舍，就像寻找《柴达木的情人》一样，在作词、作曲、演唱等领域，十余年如一日地追求着心中的目标。自古功夫不负有心人，相信在他"冒着风沙、顶着寒暑、追着星星"的不懈努力下，他的艺术道路一定会有"彩虹搭建的吉桥，哈达铺就的祥路"。衷心地祝愿国庆对音乐艺术的追求就像《岩缝里盛开的花》一样坚忍不拔！

凡是艺术都会留下一些遗憾，比如藏语弹唱一曲，就能听出明显的瑕疵，希望在以后的音乐演唱和制作中能够引以为戒。

第六辑
故乡采珍

"贝、勒"两沟，吐蕃联姻的印证

贞观十五年，唐蕃联姻，文成公主进藏，途经玉树境内，留下了许多文物遗迹和美丽的传说。其中贝沟文成公主庙和勒巴沟山嘛呢水嘛呢早已盛名远扬。

据文成公主庙《庙志》记载："公元638年文成公主一行来到离结古镇约50公里的贝沟，在此休整数月，他们搭帐篷，建营地，载歌载舞，修心养气，还组织随行匠人在岩壁上雕刻大日如来佛像及其八大弟子之像。"当时还在佛像的两侧和岩体背面刻有汉藏两种文字，其内容可能是对当时雕刻佛像的记载，也可能是经文。但因天长日久、风化日蚀和后来人为的破坏，现已辨不清其本来面貌了。因如来佛像具有明显的唐朝汉式风格，一度被最初来此考察的青海省考古学家赵深琛误认为是文成公主自塑像，随命名为"文成公主庙"，所以此庙被玉树人习惯性地称为"文成公主庙"并沿用至今。

与"贝沟"紧紧相连的"勒巴沟"，称其为"山嘛呢水嘛呢"实在是名不虚传。走进勒巴沟长长的峡谷，映入眼帘的到处都是嘛呢（藏经文）和佛像的岩雕与石刻，由高、中、低、河底四个层面依次排来。高——刻在常人难以攀登的大山之巅；中——刻在大山的整个山体；低——刻在大山的根部；河底——在湍湍流淌的河水覆盖下的水卵石上也都刻满了经文。整个山谷被一股浓厚的文化氛围所笼罩，步入其间，立刻有一种被此情此景所感染、所升华的感觉。按捺不住的、无比激动的心情促使我的手指连连摁下相机的快门，而且一个个不够精炼的诗句也同时从脑海中蹦跃起来，便也有了以下两首小诗：

圣洁的勒巴沟

是谁？
把心灵的文字
刻在悬崖峭壁，
为孤独的大山注入灵魂！
是谁？
用虔诚和智慧，
把勒巴沟装扮得如此美丽神奇！
啊，
圣洁的勒巴沟，
流传着唐蕃联姻的故事。

是谁？
把圣洁的经语
印在河底卵石，
给寂寞的河流赋予生命！
是谁？
用真诚和善良，
把勒巴沟点缀得如此神秘多彩！
啊，
圣洁的勒巴沟，
镌刻着古老文明的辉煌。

山嘛呢水嘛呢

再没有
这样美丽的地方
令人神往，
蓝天
覆盖着青山，
青山
镌刻着"唵嘛呢叭咪吽"，
佛光映照的山峰
就是神奇的山嘛呢，
日月轮回，
弘扬着千年的历史。

再没有
这样圣洁的地方
令人遐想，
山谷
怀抱着溪流，
溪流
咏唱着"唵嘛呢叭咪吽"，
佛光闪烁的碧波
就是神奇的水嘛呢，
峰回水转，
传诵着千古的奇话。

1991年4月，笔者与时任玉树州民族宗教局局长嘎子阿龙（已故）同赴北京，向有关部门汇报玉树文物情况时，对我们带去的照片产生了极其浓厚的兴趣，并对它的文物价值给予了充分的肯定。特别是时任中国藏学研究中心总干事的多杰才旦和副总干事彭哲两位著名的藏学专家对文成公主庙里的岩雕及文字照片反复查看、仔细研究，爱不释手。

7世纪，藏王松赞干布征服了西藏诸部族，接着又兼并了青海境内的苏毗、党项等羌人部落，建立了青藏高原强大的吐蕃王朝，与当时强盛的唐朝相抗衡。于是，唐朝、吐蕃频频联姻，唐朝先后将文成、金城公主许配给吐蕃赞普，与吐蕃结为甥舅亲谊。俩公主及大批随员入藏，将唐朝先进的种植、纺织、医疗技术等引进了吐蕃，以及随之而来的唐蕃之间频繁的政治交往，促进了相互间经济、文化等诸方面的交流，有力地推动了社会的发展和人类的进步。文成公主庙、勒巴沟就是很好的见证。

"唐卡喜幛"，动人的传说故事

　　珍藏在结古寺的极富传奇色彩的唐卡"唐卡喜幛"（藏语意为会说话的唐卡），是该寺院的镇寺之宝。相传1264年，八思巴与其胞弟恰那多杰从朝廷返回萨迦，路过今天玉树藏族自治州称多县的噶哇隆巴地方时，在该地举行了一场盛大的法会，八思巴升座讲经、授法、灌顶。当时聚集了上万名僧众，所以此地被誉名为"称多"（藏语意为万人聚集的地方），近代在此处设县，并保留"称多"为县名。1268年嘎藏寺在此地建成，不久八思巴奉旨回京，又经过称多，赐给嘎藏寺一套大藏经、镀金佛塔、法螺、唐卡等物，八思巴特意将其中的一幅唐卡取出，郑重地对收藏唐卡的管家说"请你一定把这幅唐卡保管好，若干年以后，唐卡的主人就会来这里索取"。时间一晃过去了几百年，这时结古寺第一世活佛江囊·松求帕文来到嘎藏寺索要唐卡，寺院的住持带江囊·松求帕文到大经堂里寻找他的唐卡，但是时间过去太久，已更新换代几代人，所有知情人都已经过世。正在江囊·松求帕文不知所措的时候，有一幅唐卡说道"你要寻找的唐卡就是我"。于是江囊·松求帕文将这幅唐卡带回结古寺。由于该唐卡是八思巴留下的，而且又是一幅会说话的充满灵气的唐卡，所以被结古寺视为镇寺之宝。

　　八思巴，本名洛追坚赞，公元1235年3月生于后藏，出身于萨迦款式家族，是藏传佛教萨迦派第四任教主萨迦班智达·贡噶坚赞的侄子，自幼跟随萨迦班智达学习藏族文化和佛教知识，因聪慧过人，而得名"八思巴"（意为大智大慧的圣者）。1251年11月，萨迦班智达在凉州圆寂，临终前，将衣钵法螺传给八思巴，命他继任萨迦派教主。1252年底，八思巴与忽必烈相会于六盘山。1260年，忽必烈继蒙古大汗位，是为元世祖。当年，忽必烈封八思巴为国师，赐玉印，命统天下释教。1264年5月，忽必烈赐给八思巴一份珍珠诏书，再次明确宣布八思巴为皇帝灌顶，受封为国师，是所有佛教僧人的首领。1269年底，八思巴抵大都，献奉命创制蒙古文字。1270年，忽必烈封八思巴为帝师。1280年11月，八思巴在萨迦寺圆寂，忽必烈赐号八思巴为"皇天之下、一人之上、开教宣文辅治、大圣至德、普觉真智、佑国如意、大宝法王、西天佛子、大元帝师班弥怛"。八思巴洞达事务，顺应潮流，以他的远见卓识和佛教领袖的地位，足迹遍布藏区各地，为促进民族间的宗教文化交流和祖国统一，做出了不朽的功勋。

噶阿尼胆巴，元朝的藏族帝师

嘎藏寺，距称多县城东十余公里处，是称多地区历史最为悠久、规模最为宏大的一座藏传佛教萨迦派寺院，始建于1268年，其第一世住持活佛为噶阿尼胆巴·贡嘎扎巴。1264年，八思巴在称多地区举行盛大法会后，在称多上庄收一双兄弟为徒，分别赐名为噶阿尼胆巴·贡嘎扎巴和噶阿尼仲巴·贡嘎扎巴，将他们带往萨迦，在萨迦寺学经、受比丘戒。三年后，兄弟二人尊八思巴之命返回称多，修建了一座寺院，寺名"噶藏班觉愣"（即贤劫富足寺），为八思巴所赐，该寺院就是今天的嘎藏寺。他们还在八思巴讲经说法灌顶的地方修建了一个名为"白玛噶波"（白色莲花）的法座，作为纪念。此时，八思巴奉旨回京，又经过称多，赐给嘎藏寺蓝纸银汁书写的大藏经一套（现仅存少量残页）、一尺五寸高的镀金佛塔、九股金刚法铃、法螺等物，寺院将这些赐品视为珍宝供奉在寺内。八思巴还赐给噶阿尼胆巴·贡嘎扎巴主管当地政教事务的象牙章和白檀香木章各一枚（白檀香木章现仍存于寺内）。在八思巴的关注和扶持下，嘎藏寺发展很快，成为元代玉树地区一座香火旺盛、名气颇大的寺院。

噶阿尼胆巴·贡嘎扎巴后来跟随八思巴到朝廷，是继八思巴之后元朝又一位名声显赫的藏族高僧，曾担任过元朝国师、帝师。其主要经历为：1270年南宋度宗咸淳六年、蒙古忽必烈至元七年，胆巴与帝师巴思八在五台山龙兴寺建立道场；1294年左右元世祖至元末，忤时相僧格，请西归，召还谪之潮州；1295年元成宗元贞元年，胆巴上书皇太后，奉仁宗皇帝为龙兴寺功德主，其时仁宗皇帝尚未立为太子；1303年元成宗大德七年，胆巴在上都弥陀院涅槃；1308年元武宗至大元年，武宗弟仁宗被立为皇储，赐龙兴寺田产五十顷；1312年元仁宗皇庆元年，仁宗追赐谥胆巴为大觉普慈广照无上帝师。

《元史·释老传》记载："时又有国师丹巴者，一名衮扎克喇。实西番托果斯塔玛人。幼从西天竺果达木实哩传习梵秘，得其法要。中统间，帝师帕克斯巴荐之。时怀孟大旱，世祖命祷之，立雨。又咒食投龙湫，顷之，奇花异果上尊涌出波面，取以上进。世祖大悦。至元末，以不容于时相僧格，力请西归。即复召还，谪之潮州。时枢密副使页特密实镇潮，而妻得奇疾。丹巴以所持数珠加其身即愈。又尝为页特密实言异梦。及已还朝，期后皆验。元贞间，海都犯西番界，成宗命祷于玛哈噶拉神，已而捷书果至。又为成宗祷疾遄愈，赐与甚厚。且诏分御前校尉十人为之导从。成宗北巡，命丹巴以象舆前导，过云州语诸弟子曰：此地有灵怪，恐惊乘舆，当密持神咒以厌之。未几，风雨大至，众咸震惧，帷幄殿无虞。复赐碧钿杯一。大德七年夏卒。皇庆间，追号大觉普惠广照无上丹巴帝师。"

在元代还立有"大元敕赐龙兴寺大觉普慈广照无上帝师之碑"，即噶阿尼胆巴·贡嘎扎巴碑。此碑是元代著名的书法家赵孟頫奉元仁宗敕命撰写的，时年63岁，为赵氏晚年碑书的代表作。其碑文内容为："集贤学士资德大夫臣赵孟頫奉敕撰并书篆。皇帝即位之元年，有诏：金刚上师胆巴，赐谥大觉普慈广照无上帝师，敕臣孟頫为文并书，刻石大都寺。五年，真定路龙兴寺僧迭瓦八奏：师本住其寺，乞刻石寺中。复敕臣孟頫为文并书。臣孟頫预议，赐谥大觉以言乎师之体，普慈以言乎师之用，广照以言

慧光之所照临，无上以言为帝者师。既奏，有旨：於义甚当。谨
按：师所生之地曰突甘斯旦麻，童子出家，事圣师绰理哲哇为弟
子，受名胆巴。梵言胆巴，华言微妙。先受秘密戒法，继游西天
竺国，遍参高僧，受经律论。繇是深入法海，博采道要，显密两
融，空实兼照，独立三界，示众标的。至元七年，与帝师巴思八
俱至中国。帝师者，乃圣师之昆弟子也。帝师告归西蕃，以教门
之事属之於师，始於五台山建立道场，行秘密咒法，作诸佛事，
祠祭摩诃伽剌。持戒甚严，昼夜不懈，屡彰神异，赫然流闻。自
是德业隆盛，人天归敬。武宗皇帝、皇伯晋王及今皇帝、皇太后
皆从受戒法，下至诸王将相贵人，委重宝为施，身执弟子礼，不
可胜纪。龙兴寺建於隋世，寺有金铜大悲菩萨像。五代时契丹入
镇州，纵火焚寺，像毁於火，周人取其铜以铸钱。宋太祖伐河
东，像已毁，为之叹息。僧可传言，寺有复兴之谶。于是为降诏
复造，其像高七十三尺，建大阁三重以覆之。旁翼之以两楼，壮
丽奇伟，世未有也。繇是龙兴遂为河朔名寺。方营阁有美木，自
五台山颣龙河流出，计其长短小大多寡之数，与阁材尽合，诏取
以赐。僧惠演为之记。师始来东土，寺讲主僧宣微大师普整、雄
辩大师永安等，即礼请师为首住持。元贞元年正月，师忽谓众僧
曰：将有圣人兴起山门。即为梵书奏徽仁裕圣皇太后，奉今皇帝
为大功德主，主其寺。复谓众僧曰：汝等继今，可日讲《妙法莲
华经》，孰复相代，无有已时。用召集神灵拥护圣躬，受无量福。
香华果饵之费，皆度我私财。且预言圣德有受命之符。至大元
年，东宫既建，以旧邸田五十顷赐寺为常住业。师之所言，至此
皆验。大德七年，师在上都弥陀院入般涅槃，现五色宝光，获舍
利无数。皇元一统天下，西蕃上师至中国不绝，操行谨严、具智
慧神通，无如师者。臣孟頫为之颂曰：师从无始劫，学道不退
转。十方诸如来，一一所受记。来世必成佛，住娑婆世界。演说

无量义，身为帝王师。度脱一切众，黄金为宫殿。七宝妙庄严，种种诸珍异。供养无不备，建立大道场。邪魔及外道，破灭无踪迹。法力所护持，国土保安静。皇帝皇太后，寿命等天地。王宫诸眷属，下至于含生。归依法力故，皆证佛菩提。成就众善果，获无量福德。臣作如是言，传布於十方。下及未来世，赞叹不可尽。"因撰文及书写者均为名家赵孟頫，故碑文拓片久为汉地研究金石及书法的学者所重视，噶阿尼胆巴·贡嘎扎巴的名声也早为汉地学者所知晓。

赵孟頫（1254—1322），字子昂，号松雪道人、水精宫道人，我国元代著名的书画家。以书画擅名，篆籀、分隶、真、行、草诸体，无不冠绝一时。其书风典雅醇和、秀逸清丽，人称"赵体"。赵孟頫一生为后世留下了大量的书迹。其中，他63岁时所书《胆巴碑》被称为"古劲绝伦，品属第一"。

赛巴寺里的博物馆

坐落在称多县歇武乡赛巴沟的赛巴寺，最初为苯教寺院，1264年，八思巴从大都返藏途经称多县时，收噶阿尼胆巴·贡嘎扎巴和噶阿尼仲巴·贡嘎扎巴为徒弟，两兄弟奉八思巴旨意，于1268年建嘎藏寺，并成为嘎藏寺活佛。后来因兄弟不和，弟噶阿尼仲巴·贡嘎扎巴携带忽必烈所赐象牙章来到赛巴寺该宗萨迦教派，成为第一世赛巴活佛。现任的寺院住持活佛仁青才仁是第十四世赛巴活佛，他知识渊博，思想开明，卓识远见，是深受康巴藏区社会各界、广大僧众、特别是文化艺术界崇拜和敬仰的活佛之一。早在二十年前，他不仅兴建了下赛巴村的免费学校、赛巴寺院至通天河畔的公路、白杨树苗圃、小型水力发电站，还在寺院里创建了博物馆，为搜集、收藏、保护古代文物做出了不可估量的贡献。在他的博物馆里收藏着上千件价值连城的文物，其中年代最久的是一支高约二米、橙黄色、十叉、片状的大鹿角化石，被青海省考古研究所著名的考古专家赵深琛鉴定为大约有近百万年历史的肿骨鹿角化石，而肿骨鹿在地球上绝迹已有六七十万年了。这支熠熠生辉的古鹿角化石仿佛在向人们诉说着百万年以前，头托十叉大片角的肿骨鹿曾在这里繁衍生息过。还有一支被赛巴活佛仁青才仁称为"大鹏鸟的爪子"的化石，因为从来没有见过这种东西，专家也无法鉴定其年代和物种，但赵深琛教授认为一定是一种早已绝迹的史前动物的犄角，其物为乌黑色，足有两米多高，有着锋利的角尖。另外，珍藏在寺院博物馆里的唐代、宋代、元代时期的几件鎏金佛像、唐卡、钹等均有很高的文物价值。

鲜为人知的格秀拉孔

　　称多县尕朵乡一带与蒙古族有着极其密切的联系，在元代，这里曾经驻扎过大量的蒙古军队。位于尕朵乡西南面约二十公里处，有一个名叫格秀卓木齐的村庄，相传是当年蒙古人安兵扎寨的大本营（"格秀"藏语意为军营遗址，"卓木齐"意为大村庄），曾是元代蒙古人在称多地区活动的中心地带，也可能是元朝在此地区设置的大驿站之一。这里有一座被嘛呢石墙、白塔、经幡、转经轮所环围着的祠堂，名叫"格秀拉孔"。祠堂为一里一外，一个大套间。从外间至内间，四壁都绘满了彩绘壁画，每一个顶梁柱的顶部都绘有彩图。壁画从着装到服饰除了藏传佛教绘画艺术的风格以外，还具有明显的蒙古族风格。但一则年代太久，二则在"文革"期间反复遭到破坏，壁画损失严重。近期该村组织财力人力，对部分壁画进行了修复，但色彩与原画相比，大相径庭、严重失真。据传，祠庙约有八百多年的历史，由蕃囊雍珠嘉措所建，后由蒙古人格秀丹增秋嘉加固修复。该祠庙有六宝：一是蕃囊雍珠嘉措滚来的法鼓；二是能够象征吉凶、兴衰的宝石"朋多勒多囊侬"；三是供奉在佛殿之圣水中的一对黑白青蛙；四是会说话的壁画"多杰森巴"佛像（传说曾在该佛像前堆满了杂物，佛像显灵说道"请不要挡我"）；五是形状犹如缝制袈裟时留下的针脚一样整齐的祠庙顶棚"求勾拉珍"；六是生长在祠庙顶上的、生机盎然的吉祥红灌木"泽日紫寿"。

　　此外，位于格秀卓木齐村东侧的邦夏寺院，曾经是蒙古人所信奉的萨迦派寺院；矗立在尕朵乡噶觉悟神山脚下的赛杭寺也是蒙古族的名字，"意为豪华的寺院"。格秀拉孔虽历经风雨和磨难，但至今仍顽强地屹立于通天河畔。"格秀卓木齐"以及"格秀拉孔"为我们研究藏蒙历史渊源以及藏族与祖国大家庭各民族间的亲密关系，都有着极其重要的价值。

神秘壮观的布由加国古石楼

在格秀卓木齐村子旁流淌的通天河的对岸约十几公里的山脚下，矗立着一座三层石砌古楼，在夕阳斜照下，犹如涂上了一层薄薄的金辉。不知从何时起，它就像一位忠实的守护神陪伴着远处通天河的涛声，陪伴着一代又一代的庶民，见证着这里的一切。这就是神秘壮观的布由加国古石楼。

严格地说，这是一座由两个三层石楼相连接的连体古石楼。三层石楼依山脚下的一个斜坡而建，每一层都有一扇楼门，每一扇门皆与斜坡的地面相连，使得每一层都可以直通外界。无论从哪一层的楼门进入都可以通达石楼的每一层。我们是由这里的主人引路，爬上斜坡从三楼进入的，看上去这里应该是正门。走进楼门，就是一个宽敞的大院子，院子的地面其实就是这座石楼第二层的屋顶，四面都有房屋，极像四合院的模式。有正屋、堂屋、餐厅、伙房和客厅十几间。还有一个九阶的石梯通向屋顶，屋顶上又有一间小屋，房门既小又矮，但非常精致，门框的边缘都是经过精雕细琢的。站在屋顶上，四周景致一览眼底。由于正屋里有病人，我们没有进屋。正对正屋、坐北朝南的一排房子，很像是姑娘们的闺房。房间的窗户和隔断都是上好的柏木质地，木制的隔板上绘满了姑娘们喜爱的彩图，好大面积的花边之中用纯金汁绘制着精美的画面。其中一幅画面深深地吸引了我的眼球：左边是一座金顶、飞檐的房屋，底下是紧依四座大山的蓝色海洋，一只乌龟正伸长脖子在海边饮水，四周花叶繁茂、祥云飘荡，有丽人、骏马和一个鸟首蛇身的怪物坐、立其间……这样独到的绘画艺术和奇特的构图我还是第一次看到。只因年代久远，画面虽清晰可辨，但色彩已不够艳丽了。

我们在主人的带领下，手持手电筒，随着手电的光照，从一个狭小的楼梯口来到二楼。二楼比较阴暗，只在堂屋里设置了三个窗户，其他房子一间套着一间，比较密集。房门低矮，房间也不够大。屋子的墙面上有多个狭长的孔口，或竖或横，有高过人头的，也有低于人头的，而这些孔口却有着不同寻常的作用。它们既是采光和通风口，又是瞭望和射击口。

再随手电的光照，从另一个同样狭窄的楼梯口下到底层（即整个石楼的第一层），第一眼看到的就是比较大的堂屋，紧靠其左的是一间不小的库房，旁边是磨面坊。再往左直行，就是比较开阔的纺织间，一楼的南门就设在这里；堂屋的右侧，是一个犹如地道似的通道，穿过黑暗的通道，就是马厩，这里有直通外界的北门，应该是马群的出入口。

从一楼到三楼，共有四十余间房屋。每一层都有厨房，一、二楼的土灶仍然完整地保留着。这说明每一层都有不同层次的人起居。居住在不同楼层的人，各有身份、各有分工。从整个楼层的布局看，三楼是贵族的居处，也就是这家主人的生活、居住和会客的主要场所；二楼应该是部队的住所，因为有瞭望口、射击口、武器库等；底楼应该是仆人和雇工的住所。

高大的石楼，完全是由一片片青石垒砌而成的。藏族砌石匠在从地面往上一层层垒砌的过程中，是不需要用墨线、垂球、平衡尺之类的工具来照准的，他们完全靠肉眼的观察和丰富的经验来掌握垂直与平衡。石片与石片之间的相砌，就像十指交叉整齐而坚固，做工精细考究，犹如一幅精美的艺术品，足见藏族匠人的智慧与匠心独具。所以藏族人常常把协调好一件事情，比喻为"要像垒砌石头一样地把事情协调好"。

据文化修养很高的时任称多县委常委、政法委书记彭措达哇（现为玉树州文联主席）介绍说，这座三层石楼的主人是格斯百户，历史上统管着现赛河、吾云达、卓木齐和布由4个村、18个自然社，2000多庶民。石楼的建筑年代虽无从考证，但其庞大的规模，佐证着格斯家族显赫的历史地位和当时丰厚的经济实力。仅仅三层楼的古建筑，涉及了军事、手工业、农耕、牧业等各个领域，堪称为当时社会生活的缩影。

历史上，石楼、石碉建筑在西藏和康巴地区比较常见，《后汉书·南蛮西南夷列传》中对古石楼如此记载："皆依山居止，累石为室，高者至十余丈，为邛笼。"《隋书·附国传》对石楼内部的构造记录得更加详细："每级丈余，以木隔之，基方三四步，巢上方二三步，状似浮图……"史料记载与布由加国石楼形成对照、极其相符。更为奇妙的是，布由加国石楼与位于西藏郎县的、始建于1880年的朗顿庄园（相传为十三世达赖喇嘛所建，为自治区级文物保护单位）从外形到内部构造如出一辙。郭阿利先生在《朗顿庄园的脚步声》（《中国西藏》2010年第4期）中这样描述："从一楼到二楼要经过一段黑暗的通道……"，"爬上三楼眼前顿然一片豁亮，完全是另一番模样了……每间房里都透明敞亮，墙上的彩绘壁画依稀可辨"，"出客厅正门是一个足有300平方米大的平台，站在这里能够看到整个村落和村里不多的几棵大树"。这些文字，仿佛是对布由加国古石楼的描述。从它们相同的风格中，我们仿佛感到，它们所产生的年代应该不会相距太远。法国旅行家、学者石泰安先生在《西藏的文明》一书中描述："吐蕃时代特点的那些设计大胆而结构巍峨的石砌建筑：宫殿、堡寨、寺庙，甚至包括一些私人住宅，这样一种建筑术并不是由游牧民所创造的。这种建筑的雏形在六世纪时代的附国和吐蕃东部的东女国就已经出现了。"如果"六世纪时代的附国和吐蕃东部的东女国就已经出现了"的这一结论成立的话，那么布由加国古石楼的建筑渊源及年代是否还可以追溯到更加遥远的古代。但无论如何，布由加国古石楼作为藏族古代建筑文化的象征，已在藏传佛教四大神山之一的巍峨的嘎觉悟神山脚下辉煌了千百年，见证了一代又一代尕朵人的沧桑与巨变。然而目前，布由加国古石楼的保护与抢救已迫在眉睫，我们看到，墙体有多处裂缝、地基有所塌陷，特别是据这家女主人介绍，在底层的一间阴暗潮湿的房间里存放着大量的古代经卷，如不及时抢救，就会腐烂殆尽。还要抓紧逐级申报文物保护单位。这些珍贵的文物能够历经磨难而保留至今，如果被毁于当代的话，那我们就真真成了历史和民族的罪人了。

马儿山下达纳寺

位于囊谦县吉尼赛乡的达纳寺，坐落在青、藏、川交界处的深山老林里，由于紧靠一座酷似马耳朵的山峰，故得名达纳宫巴（"达纳"藏语意为马耳朵，"宫巴"意为寺院）。该寺院初建年代不详，最初为苯教寺院，公元1188年由藏传佛教叶巴噶举的创始人松杰叶巴改宗为叶巴噶举教派，是我国迄今唯一保留的叶巴噶举教派寺院，民间称之为"岭国寺"。

松杰叶巴，史称"岭国大活佛"，相传是岭国第三代经师，其博学多才，法力无穷。传说今存放在达纳寺的所有岭国宝物，都是松杰叶巴用法力从格萨尔诞生地洛须草原的查查寺院运来的。据说松杰叶巴刚刚把达纳寺中的岭国宫修建好（亦称叶巴经堂），就对寺中的僧人们说："岭国宫现在已经建好了，我要到洛须草原拿回属于我们的东西。"之后他跋山涉水，历经艰辛，来到"两河对流犹如彩带系，两山对峙好像双箭羽，两岸平滩恰似毡铺地"的岭·格萨尔诞生地（今四川省德格县洛须草原）的查查寺院，叩见过寺主后，谦恭地对寺主说："尊敬的仁波切，我是来索回存放在你们寺里的岭国宝物的。"寺主并不想让松杰叶巴将宝物带走，但又不好驳大活佛松杰叶巴的面子，于是说道："如果能用您的法术把宝物带回，那我们一件都不会留下。"松杰叶巴思索片刻后说："那好吧，再过3个月零3天，我就将宝物全部带回。"说完就向寺主告辞返回。松杰叶巴回到达纳寺后，尽心致力于摆放宝物的准备工作。到了3个月零3天，松杰叶巴把寺里所有的僧众都召集起来，对大家说："今天晚上我要把岭国的宝物全部运回来，大家都在各自的房间里待好，无论听到什么声音都不要出来，也不要出声。"到了半夜，寺院里马嘶鸟鸣、人声鼎沸，脚步声、搬卸东西声，一声高过一声，凡是听到的人都惊奇异常。有一位不到20岁的年轻阿卡实在忍耐不住好奇，就爬出天窗往外望去，只见无数高大的骏马、无数高大的巨人、无数大鹏鸟在往寺院里运东西，他完全被这从未见过的场景吓呆了，便不由自主地喊了一声"啊——哟"，骏马、巨人、大鹏鸟听到这一叫声，顷刻间就消失了。结果，有三分之一的宝物没有运进寺院，被大鹏鸟运到了寺院背后山顶的一个巨洞里，这个巨洞，恰在非常陡峭的山顶上，人是无法接近洞口的。如今，用望远镜望去，好像里面真有东西存放呢。

达纳寺山高林密，地灵人杰，不愧为格萨尔家寺和藏民族历史文物的宝库。千余年来，该寺历经战乱浩劫，仍然世代相传，保留着无数珍贵的文物和古墓建筑群。据达纳寺寺志记载，曾保存在寺院中的鎏金佛像共有44420尊，格萨尔30大将遗存的经卷1100捆（全部是用纯金汁书写的手抄本），达纳家族遗留的经卷2050捆，金质和铜质的佛塔150尊，王妃珠姆的海螺腰带数条，格萨尔30大将用过的战盔30顶、铠甲30件、箭袋30个、箭30支、弓30张、宝剑30把、马鞍20个（其中有格萨尔用过的被誉为"自射阳光金鞍"的"赛呷尼玛绒霞"、格萨尔长兄嘉察用过的"月光银鞍"、格萨尔用过的宝剑"拉哲大巴拉美"等）。以上所记载的文物，凡是于"文革"前到过达纳寺的人都亲眼目睹过。但是"史无前例"的"文化大革命"几乎洗劫了全国三分之一的历史文物古迹，其毁灭程度绝不亚于历史上的秦皇焚书和郎达玛灭法。处于大山深处的达纳寺，也同样没有躲过"文革"的洗劫，一时间，寺院被毁，千余件文物有的被烧、有的被埋入坍塌的寺庙之下。令我们痛心疾首的是，除了寺院里的僧众趁人不备，冒着生命危险抢救和珍藏下来的部分文物外，大部分珍贵的历史文物被毁于一旦。

所幸的是，我们还能在达纳寺里看到以下几件珍贵的文物，它们在寺院和广大僧众的保护下，历经磨难而不灭，与江河共存，与日月同辉，在风景旖旎的马耳神山脚下诉说着千年的历史。如：

岭国传家之宝"逴铜碾磨秀珠"，是今天达纳寺的镇寺之宝，此物为生铁铸造，重约50公斤，原为6翅形状，"文革"中被炸药炸掉4翅，现还剩对称的两个翅膀，相传是岭仓家族捣金子用的器具；岭·格萨尔戴过的战盔和丹玛大将戴过的战盔；岭·格萨尔戴过的毡帽"格萨髻夏"，此毡帽虽被虔诚的人们当作灵丹妙药撕掉了好几块，但也基本完好，未失它的真面貌；岭·格萨尔用过的长矛"格萨矛"；岭·格萨尔用过的盾牌"格萨奇"；王妃珠姆用过的海螺腰带散片；格萨尔30大将之一拉姆依达家藏金卷一捆、经文夹板一副等。

更让达纳寺声名远扬的是，这里矗立着一座座光祖耀宗的古灵塔群。它们是达纳寺的荣耀，更是藏民族文明历史的见证。在达纳寺的大经堂旁边，矗立着帕莫竹巴的灵塔殿，内供一座高约7米，底座宽7.4米，圆顶的亡灵塔，整个风格为元朝风格，这就是藏传佛教帕竹噶举教派的创始人，帕莫竹巴的灵塔。左右各有一座小灵塔，右侧是"藏医圣"宇陀·元丹贡布的灵塔。（宇陀·元丹贡布，公元708年出生于拉萨西郊堆龙·吉纳的医学世家。他的曾祖父洛哲希宁是藏王松赞干布的御医，祖父斋杰加或巴扎是藏王贡日贡赞和芒松芒赞的御医。相传宇陀三岁时，从父琼布多杰学习藏文、佛经，五岁时随父受"日露化学"和"药师佛修习法"等藏传佛教之开许仪轨。宇陀·元丹贡布表现出非凡的天赋，受到父亲的精心教育培养。宇陀在家庭教育和医药世家的熏陶下，勤奋好学，从青少年时代起，在医学方面就已有相当深厚的基础。宇陀与王室太医、内地医家东松冈瓦有着深厚的师徒情谊，东松冈瓦将自己的医著《医治痫症·生命轮》《医治狂犬症·匕首轮》《医治痉症·相轮》三部书相赠。宇陀在青年时期，曾先后两次去天竺求学，第一次留学历经四年之久，第二次游学，往返共一年零八个月，返回吐蕃后，一面医治病人，一面向门徒传授医术。三十八岁时，宇陀第三次到天竺各地游学四年，广投名医。特别在名医美旺尊前，聆听了《医六十万》《医续晶鉴》《月王药诊补遗》等等，在班钦·旃陀罗比尊前，受了《仙人耳传》和《八支论》等众多医学论著。返回吐蕃，行医授徒，成绩卓著。赞普赐予他塔、工、琼三处封地，并在工布曼隆沟修建寺院，培养医生，加工药材，炮制成药，行医治病，搜集民间药方。嗣后，他带领门徒往内地五台山朝佛，向僧医阿尔雅恳求医道，听受了《配方宝》和《内科藏义》等很多的特殊的医训教言。四十五岁时，宇陀以早期吐蕃医学为基础，吸收了汉地、天竺和各方的医学，历经二十多年的心血，撰成名传千古的医学巨著《四部医典》。鉴于宇陀·元丹贡布在藏医学上的杰出成就，藏族人民尊称他为"医圣"和"药王"）；左侧是八大藏戏的创始人、著名的藏族建筑师塘东杰布的灵塔（达纳寺左侧的山头上还矗立着塘东杰布的自显像）。一说是苯教鼻祖东巴西绕的灵塔。民间认为，前来朝拜的人只要能够按顺时针方向围绕这三座灵塔转千遍，就可以治愈各种消化系统疾病，特别是胃癌和食道癌，还可以沾满智慧的灵气，使转塔的人身体健康、智慧无边。所以，每年来此朝拜和转塔的信众纷至沓来。

顺达纳山西面陡峭的山道攀援而上，在海拔约4700米高的山崖上，可以看到分布在南北两侧的格萨尔大将灵塔群。南区耸立着24座灵塔，为格萨尔幼支灵塔区；北区耸立着7座灵塔，为格萨尔长支灵塔区。两区共有31座灵塔，除格萨尔30大将灵塔外，还有一座是叶巴噶举创始人、岭国大活佛松杰叶巴的灵塔。这些灵塔均建在凹进的山岩里，地势陡峭，平地面积狭小，建筑用土和水的来源奇缺，很难想象古人是如何将这三十几座灵塔建造在此，使曾经征战南北，显赫一时，立下赫赫战功的岭·格萨尔及其大将们驾鹤仙逝后的英灵，安匿在达纳寺的悬崖峭壁与翠柏青云间，将他们未泯的意志融于蓝天、托付长云，激励来者。

当下有许多专家学者认为（并有《格萨尔王传》记载）格萨尔出生在甘孜藏族自治州德格县洛须草原；赛马称王在玉树藏族自治州曲麻莱草原；征战在玛域草原（黄河上游）。那么，魂归何处？我们却在达纳寺找到了答案。

1990年，青海省组织了"第一批格萨尔文物遗迹实地考察组"，我有幸作为这个组的成员，来到达纳寺考察。因为我最年轻，所以前后两次登上山崖，将南北两区的灵塔，按原样仔细绘制，并对所有塔身进行逐一丈量、一一编号造册，记录下了极其珍贵的资料。还组织寺院里的阿卡，对被盗的灵塔进行了修复。当时我们将一块加固灵塔用的木料送往北京中国社会科学院考古研究所进行碳14年代测定，结论为"835年加减70年（公元1115年加减70年），估计为宋代"。这与目前专家学者们将格萨尔迄今年代推测为大约千年左右的时间基本相符合。这些数据表明，达纳寺的历史地位与文物价值是不容置疑的，所以在玉树州和省文化厅文物管理所的共同努力下，达纳寺前后被列为州、省、国家三级文物保护单位。但是，达纳寺由于地处深山老林，灵塔区又在远离寺院的高山深处，对这些文物进行保护难度极大。1990年我们在考察塔区时，发现有一座灵塔于1988年严重被盗，塔脏里

的小泥塔撒落一地，盗塔者还肆无忌惮地在被盗的塔身上留下
"盗宝者留念·1988年"等字样，当时达纳寺还没有被列为任何级
别的文物保护单位。2010年9月，我再度来到达纳寺时，代理活
佛彭措扎西告诉我们，今年又有五座灵塔被盗，前任囊谦县委书
记吴德军同志得知此情后，为达纳寺拨支了十余万元资金，在格
萨尔幼支灵塔区修建了一间守塔用的房屋，但寺院里至今没有人
住在这间房屋里守塔，房子仅仅成了一种摆设。而这时的达纳寺
被列为国家级文物保护单位已有六到七年。为什么达纳寺被列入
国家级文物保护单位以后，盗窃现象反而更加严重呢？一是随着
达纳寺的宣传力度越来越大，达纳寺在外界的名气也越来越大，
一些不法分子被利益所驱动，便把盗窃黑手伸向了人迹罕至、作
案风险小价值大的达纳寺；二是寺院内部矛盾重重，形成帮派，
各帮派之间除了争权夺利，无暇顾及远在山顶的古灵塔群；三是
地方政府监管不力，保护资金不到位，只要求寺院保护，却不予
以资金支持；四是文物管理部门鞭长莫及，责任不到位，重视程
度不够，没有向寺院提供任何切实可行的保护措施。发现文物，
搞清它的历史价值诚然重要，但保护文物更是重中之重。地方政
府，特别是文物管理部门务必引起高度重视，绝不能再让我们眼
前那些极其珍贵的历史文物惨遭破坏与盗窃。

东仓家族，功不可没的家族式藏经

位于囊谦县白扎乡境内的东仓家族，是岭·格萨尔30大将之一东·白日尼玛江才的后裔。上世纪90年代我们来此考察时，得知该家传至今天没有儿子，仁青文毛是这家最为年长的老人当年67岁，女儿代青文毛43岁，45岁的女婿慈城文青当家。这里珍藏着东·白日尼玛江才的经卷500多捆，古唐卡100多幅，各种鎏金佛像14尊。经文全部是在黑纸上用纯金粉书写，且金粉很厚，用手触摸仿佛盲文般凸出，特别是扉页上的金粉很厚，可以用手轻轻捏起。经文的扉页上写有供养人的名字。经文中有形状各异的插图，有男性有女性。插图中有些是神的画像，有些是一般人物画像，有些则可能是供养人的自画像，所有画像皆由纯金粉绘成。这种古老的经文，现在已经非常少见，特别是自宗喀巴创立格鲁教派，在藏传佛教中占据统治地位五六百年以来，这种在经文中出现供养人的名字和画像的经卷已经绝版。所珍藏的唐卡，一则年代太久，二则怕在"文革"中被破坏，一直藏于阴暗潮湿的地下牛棚里，除能辨别是不是唐卡外，图像已经完全模糊不清了，不能不说这是一个巨大的损失。当时，我们将一些经文残页送北京中国社会科学院考古研究所进行碳14年代测定，结论为"350年加减80年（公元1600年加减80年）"。虽然东仓家族珍藏着如此珍贵而众多的文物，但他们自己的居住条件却非常简陋，祖传的三层石楼地基塌陷、房屋倾斜，已摇摇欲坠。后来经我们大家的多方努力和呼吁，州人民政府帮助他们在州府所在地结古镇建造了一座居家和藏经为一体的藏经楼，将全家连同所有文物搬迁到结古。时隔20年后已时过境迁，我于2010年9月回到家乡玉树时，听到不幸的消息：在玉树4月14日强震灾害中，东仓家族也未能幸免，时年87岁高龄的老母仁青文毛和64岁的女婿慈城文青在地震中遇难，房屋倒塌，部分文物被毁。这个曾为保护珍贵的历史文物而历经艰辛的家族，却没能逃过地震的魔掌。事已如此，所有的损失都是无法弥补的。然而，东仓家族被列为国际级文物保护单位已近10年，那么我们的政府和文物管理部门为保护珍贵的历史文物究竟做了些什么？当我们面对历经千年而未衰，却在此次地震中惨遭损失的东仓家族时，毫不汗颜吗？

玉树境内神奇的格萨尔艺人

在世界几大史诗中，藏族英雄史诗《岭·格萨尔王传》的艺人现象是最为奇特的，他们大多生长在交通闭塞、人烟稀少的大山深处，世世代代以牧为生。更为奇特的是，这些艺人绝大多数都是目不识丁的文盲，连自己的名字都不会写，但只要说唱起《岭·格萨尔王传》来就语如泉涌、滔滔不绝、语言丰富、辞藻优美，而且，每个艺人都可以说唱几十部，甚至几百部。其中的大多数格萨尔说唱艺人，从不会说唱到会说唱、从一般说唱到言辞如流，都有着令人难以置信的传奇色彩。让我们看看以下几位说唱艺人的传奇经历吧。

才仁索南，男，40岁，出生于玉树藏族自治州治多县治曲乡治加三队，不懂藏文。父亲哈秀·阿牛，61岁。母亲布毛，59岁。家中兄妹五人（四男一女），才仁索南是老大。妻子群吉，生有两个儿子，长子11岁，次子8岁。才仁索南18岁前非常喜欢听别人说唱"仲"（即《岭·格萨尔王传》），它对"仲"真是情有独钟，每当大人们在牧闲时节说唱起"仲"时，他就认真仔细地去听。曲折惊险、扣人心弦的降妖伏魔的故事深深吸引着他。18岁那年，一种自己想要演唱"仲"的欲望和冲动总是占据着他的心灵。于是，他常常在一些小场合给人说唱。1988年深秋的一天，队里一个名叫加哇的亲戚为儿子完婚。婚礼场面祥和而热闹。为了更好地活跃气氛，突然有人提议要演唱"仲"，那么请谁演唱呢？大家不约而同地想起了才仁索南。大家对才仁索南说"你平时喜欢说唱'仲'，今天是喜庆的日子，你就给大家伙说唱一段吧？"才仁索南不好推辞大家的诚意，就说唱起《赛马称王》来。然而大家没有想到，（其实连才仁索南自己也万万没有想到），他从开始的高度紧张状态，一下进入一种浑然放松的状态，越说越动情、越说越顺畅，而且完全进入了角色。使格萨尔赛马称王的情景及其说辞唱段，就像放电影似的，一个接着一个地在脑海里翻涌着、在口中述说着……就这样，他整整说唱了半天一夜。说唱的人滔滔不绝，听着的人目瞪口呆。天边出现了鱼肚白，袅袅的炊烟引燃了新一天的黎明，天亮了，才仁索南的说唱才暂时告一段落。这时一位年迈的老人突然像发现新大陆一样，高声喊道："大家发现了没有？才仁索南'仲拔'！"意思是说才仁索南能够自然流露出《岭·格萨王传》了。他还对才仁索南说，"你要不信，可以请佛爷为你辨别一下！"当时，囊谦县著名的藏传佛教智贡噶举教派活佛洛更松（一位佛学、医学、历算学等方面造诣很高的高僧）正在他们家乡讲经。于是才仁索南求拜洛更松活佛，并请他指明自己是否是"仲拔"？洛更松听完才仁索南说唱一段《哲格果宗》后，确定是"仲拔"，并为他灌了"洗礼顶"，嘱咐他一定要好好说唱《岭·格萨尔王传》，走到哪里，就把《岭·格萨尔王传》唱到哪里。从18岁到现在，才仁索南已经说唱了22年的《岭·格萨尔王传》，他总共能说唱324部《岭·格萨尔王传》的版本（时任治多县民语办主任、现玉树州文联副主席文扎已为他整理了目录）。

索南诺布，男，34岁，出生在治多县扎河乡大汪一队，不懂藏文。母亲忠措，53岁，兄妹四人（两男两女）从小由母亲和继父带大。生父罗尼，59岁，原治多县政协副主席。

索南诺布从小未听过《岭·格萨尔王传》的说唱。1994年藏历5月的一天，他在放牧时，在当雄杂扎那神山脚下睡着，这座神山是嘉洛家族主要的神山之一。这时他做了一个神奇的梦，梦见一位身披恺甲、头戴战盔、手执五色彩布缠绕的箭镞、箭头，上画着"麦隆"（十二生肖铜牌），背一支长箭，骑一匹高头白马的中年男子向他走来。这时索南诺布突然醒来把眼睛睁开，可是他只能睁着眼看着，身子却一动也不能动，当时他非常清楚自己是醒着的，而且眼前也确实站着那个威武的中年人。中年人对索南诺布说："你要记住一部能够在全世界流传的书籍，然后由你来负责传诵。"索南诺布对他说："我连三十个藏文字母都不会，我做不到！"中年人说："必须做到，否则我就不放过你。"出于对生命的珍爱，索南诺布只好慑服，答应照办。中年人听了后，面带微笑地说："那好，在我离开之后，会有一位年长的'扎哇'（和尚）来见你，你务必按照他的意思去做。"说完，中年人就消失了。不一会儿一位长着长白胡须、腋下夹着一捆"博实"（藏语，用夹板夹起的藏式横版书籍）的老"扎哇"来到索南诺布身边。他把腋下夹着的书往地上一放，好家伙——这书一下子变得好高好高。索南诺布站起身后，勉强能用手指尖够到书面。"扎哇"指着高高的书说："你把这些书全部背诵下来。"索南诺布就打开书去看，这时"岭·格巴图松曲""永特东巴木旦""藏岭格萨嘉宝"等书籍尽收眼底，然后他开始背诵，一下子就感到自己变成了能像流水一样流利地背诵这些书的大智者。这时"扎哇"说："你要把这些书向全世界传播。"说完老人就无影无踪了。事后，每当索南诺布上山放牧看到一些山、水、草、地时，就情不自禁地讲出格萨尔的故事，但总是理不清头绪，层次、段落都比较凌乱。不久，杂多县格杰吉忠寺的活佛吉忠仁波钦为他灌"扎宝·大秀求松顶"开启慧根，并为他引诵了一段《岭·格萨尔王传》，从此以后，索南诺布的说唱就自然而然地像流水一样通过大脑，从口中流落了出来。他大约能说唱230—280部《岭·格萨尔王传》，已整理的目录有189部。已录制《哲厄囊嘉热宗》（45盘磁带）、《卡日野牛宗》（10盘磁带）。他除了能说唱《岭·格萨尔王传》以外，还能说（唱）民间故事、谚语、格言、谜语、颂辞、咒语、啦咿等，能唱20多种《岭·格萨尔王传》的曲调和20多种啦咿调（包括藏族民间最古老的啦咿曲调）。2006年5月30日，青海省《格萨尔》领导小组、省文联在西宁召开"关于玉树藏族自治州治多县民间《格萨尔》说唱艺人索南诺布说唱鉴定会"。鉴定结论为：1. 掌握的史诗部头多、曲调多。能讲280多部《格萨尔》，掌握20多种演唱曲调，是目前国内掌握史诗部头和演唱曲调最多的艺人；2. 根据艺人的分类，属于神授艺人，也叫"巴仲"艺人；3. 才思敏捷，技艺精湛，具有超人的记忆力和非凡的艺术才华；4. 演唱的故事情节完整，吐词清晰，音质圆润优美，神态自如；5. 虽目不识丁，连自己的名字都不会写，但文化底蕴丰厚、涉及面广，除了《格萨尔》的故事以外，还能说唱各类民间故事、谚语、颂辞、谜语、啦咿和民歌等，是一位民间文学方面的"活资料"；6. 年轻有为。年仅29岁，是目前我们所掌握的最年轻的一位《格萨尔》说唱艺人。

达哇扎巴，男，31岁，杂多县莫云乡人（原籍杂多吉朵乡），不懂藏文。父亲吾亚，78岁，文盲，牧民。母亲多吉，68岁，懂一点藏文，牧民。达哇扎巴从小喜欢听别人说唱《岭·格萨尔王传》，小时听过《霍岭之战》《诞生》等。9岁开始放羊。13岁那年，有一天在山上放牧时，原本没有一点睡意的他不知不觉地就在山上睡着了。睡着后，梦见一位脸色微黄的老僧对他说："你不像一般的人，我要让你选择三件事情：一是选择能听懂世上所有走兽的语言；二是选择能听懂所有飞禽的语言；三是选择能懂得世界的形成。"达哇扎巴略加思索后感到听懂飞禽走兽的语言没有什么用处，就选择了"三"。老僧说，"那么就把你的手伸给我。"接着从怀里掏出一个特别小的，镶有绿松石，盛着7粒青稞的小法器放进达哇扎巴的手心里，并将法器和手一同使劲地搓揉起来，然后把七粒青稞撒在达哇扎巴的心口。做完这些后，老僧说："我已为你做了该做的事情，我现在要走向太阳升起的地方，你也要跟着我走。"说完就不见了。在蒙眬中达哇扎巴仿佛听到了人的喊声和狗的吠声，这声音使他一下子惊醒。醒来时太阳已经落山，达哇扎巴就睡在晚霞映红的山坡上，羊群已不知去向。他立刻站起来，跑回了家，发现羊群已经回到了羊圈。从第二天起，他整整卧床大病了好多天。病好后，他心里非常焦躁、不安，在家坐立不宁，总想跑出去，出了帐篷，又想跑到山上去，大脑中总是浮现着岭国的土地和一些大将的形象，情绪波动无常。事隔不久，就能从头到尾地讲《拉隆杂子尕谷》《崇隆美朵阿哇》《新丁达赛卡州》等格萨尔故事。这时他意识到自己已经"仲拔"了，但他没有告诉任何人，独自一人跑到山上去讲，如果不讲出来，就觉得浑身不舒服。就这样一直瞒到17岁。17岁那年他去拉萨朝圣，到那曲时，见到一位艺人在街头说唱《霍岭大战》，见到此景后，达哇扎巴激动得不能自制，也情不自禁地说唱起《岭·格萨尔王传》来，这时同行的人才知道他是个"仲堪"。从拉萨回来后，同伴把那件事情讲给乡亲们听，一传十，十传百，达哇扎巴这个"仲堪"也就家喻户晓了。达哇扎巴现在是玉树州群艺馆职工，已经录制了20部300多盘磁带，出版一部《勒赤察宗》。他能够说唱200多部《岭·格萨尔王传》。

旦巴江才，男，37年前出生在人杰地灵的玉树县巴塘草原，祖籍玉树州囊谦县。父亲录多，在巴塘国营马场工作30多年。妻子拉吉，27岁，囊谦人。旦巴江才从小自学藏文，12岁时学唱《岭·格萨尔王传》，7岁时，有一天他正捧着一本《岭·格萨尔王传》看着，忽然发现他所看到的内容却根本不是原书里的内容，后来又多次出现这种情况，感到非常奇怪。为了证实这一情况，他拿来一本汉文书籍看，显出来的却是藏文的《岭·格萨尔王传》，再拿来一张白纸看，显出来的还是《岭·格萨尔王传》。他就把这件事讲给村里最年长的人，向他请教是怎么回事？老人说这可能是"仲拔"了，你应该找一个较知名的活佛问一问。这样，旦巴江才又向当卡寺的德牟活佛请教，德牟活佛认为是"仲显"了，并为他加持、灌顶，还为他开启了慧根。从此旦巴江才不仅能"显仲"，还能"拔仲"。不仅能显出《岭·格萨尔王传》，还能显出"勒"（歌）、"罗具"（历史）、"旦巴"（经文）、"莫"（卦）等。于是请求他说唱《岭·格萨尔王传》和看卦的人络绎不绝。现在，他只要拿一张白纸就可以滔滔不绝地说唱200多部《岭·格萨尔王传》。据他自己说，其中100多部是人们从未听到过的。

藏民族将《岭·格萨尔王传》的说唱艺人统称为"仲堪"。"仲堪"是对那些能说唱《岭·格萨尔王传》，并具有特异技能艺人的统称。"仲"专指《岭·格萨尔王传》这部英雄史诗，"堪"是技能、造诣非凡的意思，合起来即是"技能造诣非凡的《岭·格萨尔王传》说唱艺人"。"仲堪"分好多类型，如"拔仲""帕仲""夏仲""智堪"等。

"拔仲"，"拔"是自然流露的意思，"仲"是指《岭·格萨尔王传》这部英雄史诗。"拔仲"合起来，即是"能自然流露出《岭·格萨尔王传》的人"。顾名思义，"自然流露"，肯定不是专门去学和记忆的，更不是刻意表现的。《现代汉语词典》对"自然"的解释是"不经人力干预，不经能力作用而自由发展"。对"流露"的解释是"不自觉地表现出来"。那么，不经人力干预，不经能力作用而不自觉地表现出来的东西，就一定是：内心情感和内在思想的自然而然的一种流露。如我们在上面所介绍的仲堪才仁索南就是"拔仲"他没有做过任何梦，只是忽然有一天，仿佛一种久抑的记忆突然奔发，喷涌出滔滔不绝的语言唱词和结构精密而完整的《岭·格萨尔王传》的故事来。

"帕仲"，"帕"是被点化的意思。"仲"的意思同上。"帕仲"意为被（某某）点化的《岭·格萨尔王传》说唱艺人。这种艺人大都是通过做一场奇特的梦后，不久就能说唱《岭·格萨尔王传》。《岭·格萨尔王传》的研究者把这种现象称为"托梦说"或"神授说"。如以上介绍的艺人索南诺布、达哇扎巴均是"帕种"，他们都是通过一场"梦"后，受"神""佛"或"僧"的点化，然后成为能说唱几十部、甚至几百部《岭·格萨尔王传》的说唱艺人。

"夏仲"，"夏"是显现出来的意思，"夏仲"就是能够显现出《岭·格萨尔王传》的艺人。这种艺人通常通过一面印有十二生肖的铜镜或一张白纸就能显现出《岭·格萨尔王传》的内容来，然后"夏仲"根据显现出来的内容进行讲述。他们不仅能看到文字，还能看到战争的场面。如玉树州巴塘乡的艺人旦巴才让就是夏仲。

"智堪"，"智"，是书写的意思。"智堪"就是书写《岭·格萨尔王传》非常出色的人。他们有的是整理和誊写民间流传的手抄本，有的是整理艺人说唱的格萨尔故事，有的是把显现在自己大脑里的格萨尔故事记录下来。如玉树州著名的抄本世家传人布图嘎、求君扎西父子就是"智堪"，他们祖宗三代以誊写、整理流传在民间的《岭·格萨尔王传》为己任，几十年来为《岭·格萨尔王传》手抄本的不断传世做出了重大贡献。被誉为"写不完《岭·格萨尔王传》的艺人"。

"仲堪"现象在广大藏区历来就有，而且代代延续，经久不衰。近年来，西藏、青海、四川、甘肃、云南等藏区都在不断地发现"仲堪",而且年龄趋于青年化,使"仲堪"队伍不断涌现出新生力量。

"仲堪"现象,说神奇的确非常神奇,因为这种现象有许多是至今难以解开的谜。然而,说不神奇,也真不神奇,因为这种现象真真切切地存在于我们的现实生活当中,是唯物的,而绝对不是唯心的。这种现象不仅中国有,而且在国外也存在。如古希腊哲学家苏格拉底同中国的孔子一样,被人们称作"圣人"。他们认为人的自身会受到神灵的左右,有时会说出一些玄乎的话,有一些奇怪的举动。比如,苏格拉底说,他从孩提时代起,便有一种奇特的"声音"在时刻伴随着他。当他决定做什么事的时候,对不该做的事,"声音"往往预先加以阻止。这种声音别人听不见,只有他本人才能听得见。笔者认为,"仲堪"现象是一种尚待不断研究、探讨和揭示的奇特现象。因而,本人对这一现象有以下浅显的思考。

可能是一种超常记忆或潜在记忆的喷发,使"仲堪"们成为特异的奇人。 从我们所接触和掌握的"仲堪"看,他们生活在山大沟深的牧区,那里的生存环境首先是绝对的纯净。没有污染,没有喧闹,没有人与人之间复杂的交往。其次是交通、信息相当闭塞,文化生活极其单调。在这种环境中生活的人,大脑非常单纯,极容易接受新鲜事物,同时因为文化生活单调,听艺人说唱《岭·格萨尔王传》是人们牧闲之余难得的精神享受,而孩子们更是对扬善抑恶、降妖伏魔、惊心动魄的英雄故事情有独钟。在这种氛围里长大的孩子,无比崇拜和敬仰战无不胜的英雄,甚至把英雄格萨尔当作唯一的精神追求。所以从小时候起,无数格萨尔王英勇杀敌的故事成为他们生命中刻骨铭心的精神财富。当他们长大成人的时候,突然有一天那种刻骨铭心的东西喷发出来,犹如火山爆发一样地从脑海里宣泄、奔涌。这种想象并不是没有可能的。儿童心理学家们认为："在儿童心灵最纯净、记忆力最好的时候，接触最具智慧和价值的经典，在他们幼小的心灵中不断产生潜移默化的作用，可逐渐培养其福德、开启其智慧，从而奠定他们一生中具有高远的智慧和优秀的人格秉性的基础，这些经典可作为他们一生中去不断消化、理解和受益的文化根基"，"小时候有了默默的酝酿，到了适当时候就会'豁然开朗'了"。英国神经生理学家科斯塞利和米勒认为："人脑的潜力是无穷的，脑的发育与外界相互作用，接触的东西越多，内容越复杂，脑细胞的发育也就越迅速，越完善。记忆力也像肌肉一样，经过锻炼可以发达起来。"有一本《玩学习——三个博士姐妹的家庭教育》的书中记载："菲律宾的玛莉亚一分钟可读16万字。著名的速读专家扬碧堂先生的得意门生、台湾的于如冈经过18天训练，阅读速度可达到每分钟1.4万字。"所以，潜在的记忆自然会在大脑中酝酿发酵，在一种特定的条件下产生超常的反映，就像作家产生灵感一样（心理学家认为，灵感是人在创造性活动中达到高潮时新产生的一种心理状态）。一个诗人一生能写上千上万首诗，一个小说家能写几十本几百本书，这都是完全可能的。只要这样推测，一个"仲堪"能说几百部《岭·格萨尔王传》也就并不神秘了。由此可见，只要大脑潜力得到充分的发挥，就有可能产生意想不到的奇迹。

可能是地球人的思维沟通了来自宇宙的某种信息，人的智慧与外界的一种特殊信号产生了共鸣，使"仲堪"成为神奇的艺人。十年前，我在北京参加"《格萨尔》千年纪念大会"时，抽空参观了"恭王府"，恭王府的"大戏楼"在没有任何音响设施的情况下，"吹""拉""弹""唱"的音效都好得惊人。据导游小姐介绍，这是因为在戏台内装有九个盛满水的大水缸，声音通过水缸传到"大戏院"的木质建筑上，与木器和房屋的空间产生共鸣，达到极佳的"音箱"效果。这种共鸣使我一下子想到《岭·格萨尔王传》的"仲堪"现象。因而我有了这样一个突发奇想：神奇的仲堪现象，会不会是因为地球人的思维与宇宙的某一种信息或信号产生了共鸣，从而在仲堪的大脑中注入了不尽的格萨尔故事？心理学家认为："人的思维过程，包括对信息的摄取、组合、传递和输入人脑后，几乎所有的神经元都会同时参与处理。充分体现了人脑的综合能力和创造能力。"而这种"综合能力"和"创造能力"是否能解开"仲堪"的不解之谜？当然，这是生命科学和宇宙科学尚待开发的命题。

可能是艺人反复说唱《岭·格萨尔王传》的过程，成为他们的重要记忆，锤炼了他们经久不衰的表达能力和不断创造的艺术天才。"重复是记忆之母"，我国著名桥梁专家茅以升教授年轻时背诵圆周率可达小数点后万位，年逾八十高龄时，仍记得分毫不差。他的记忆力经验是"重复！重复！再重复！""仲堪"们走到哪里，就把《岭·格萨尔王传》说唱到哪里，无数次的重复说唱，加深了不断的记忆和理解。再加上他们的想象，就使得他们的说唱水平达到了一定的高度。在牧区，我们随处可以看到白发苍苍的老人能背诵许多种经文，而且不遗、不漏、不断。但他（她）们却只字不识，那么，又是什么原因使得他们对每一种经文如此的记忆犹新呢？靠的就是几十年反复不断地吟诵。因此反复说唱，能使仲堪们达到炉火纯青的地步。

要真正关心、重视和支持仲堪的劳动成果。无论是哪种类型的"仲堪"，都可以把他们比作是"辛勤的播种机"。从有"仲堪"开始，一代代的仲堪们为不断创作、丰富和传播《岭·格萨尔王传》做出了不朽的功绩，这种劳作是无价的。近年来，虽然各地为整理、出版仲堪的口述之作，做了很多实际的工作，但力度还不够。仲堪们的劳动果实往往得不到重视。如：玉树的"智堪"布图嘎和君求扎西父子用多年的心血为"仲堪"达哇扎巴整理出版了一部《勒赤察宗》，书已出版多年，但1万多元的出版费却成了他们至今尚未还清的债务。更令人万分悲切和痛心疾首的是，不久前我们无比尊敬的布图嘎先生已经与世长辞。

还有很多地区已经整理和录制了许多仲堪们的说唱本，但由于经费的原因迟迟得不到出版。因而有关部门应当高度关心、重视和珍视仲堪的劳动成果。

对于仲堪的挖掘、抢救已时不我待。无论我们如何解释"仲堪"现象，但"仲堪"是神奇的，是难得的，是我们藏族文化艺术的极大财富。他们的"神奇"在就于他们的大脑中储存着几十部、几百部《岭·格萨尔王传》，而且能够不停顿地、不假思索地、像流水一样地、滔滔不绝地说唱出来。他们的"难得"在于他们都是拥有生命的、活生生的资料。然而，无论是年长的、还是年轻的，生命都是有限的、无常的；无论是说唱者，还是整理者，其生命也是有限的、无常的。布图嘎先生生前曾对我说："假如我们不分昼夜、毫不间断地去记录和整理达哇扎巴一个人的说唱的话，也需要整整30多年的时间。"这一计算不能不使我们感到紧迫，现在发现的艺人那么多，而好多地区却以发现艺人为荣，所以只热衷于寻找和发现仲堪，找到仲堪以后，却并没有重视如何抓紧时间去整理和抢救艺人大脑中的东西。就我在上面介绍的几位仲堪中，索南诺布已英年早逝，杂多县优秀的说唱艺人土登君乃也被4·14强震夺去了生命。如果再不抓紧抢救和整理的话，就会给社会、给人类留下许多无法弥补的遗憾和损失。

玉树，名不虚传的山清水秀

——画册《山清水秀三江源》之序

原本山清水秀、美如人间天堂的玉树，因为一场撼天动地的大地震，使世上更多的人了解和熟知了她。从此，许许多多的牵挂连接着这里，许许多多的关爱铺洒在这里，许许多多的温暖洋溢在这里。这里不仅是造物主的宠儿，也是人类的宠儿。在这里，大自然的钟灵毓秀能够灌醉心迹。在这里，全国各族人民的同胞深情能够感人肺腑。

玉树，自古以来就是丝绸南路茶马古道和唐蕃古道的必经之地。这里自古云集着文人墨客、商贾游侠。千百年来生活在这里的藏民族逐水草而居、以游牧为生，积累了许多生产生活方面的宝贵经验，创造了丰富多彩的民族民间文化，玉树服饰、玉树歌舞、玉树赛马、玉树帐篷等等已驰名中外，历史文化积淀非常深厚。

玉树，是青藏高原重要的生态屏障，全境处在三江源、可可西里和隆宝湖三个国家级自然保护区内，长江、黄河、澜沧江三大河流发源于本州。

玉树，是我国和亚洲最重要河流的上游源区，也是欧亚大陆上孕育大江大河最集中的区域，有着"江河之源""中华水塔""亚洲水塔"等美誉。是世界上海拔最高、面积最大的高原湿地生态系统和我国最大的产水区。长江、黄河、澜沧江三大江河年产水量600亿立方米，其中长江总水量的25%、黄河总水量的49%、澜沧江总水量的15%均来自玉树。

玉树，是珍贵动植物资源的高原基因库，是世界上高海拔地区生物多样性最集中的地区，是世界上目前仅存的几处大型陆生珍稀野生动物种群栖息地之一，雪豹、藏羚羊、野牦牛、棕熊、黑颈鹤等国家一级保护动物常有出没。是我国生态环境中的关键地区，是国家生态安全的制高点和平衡点，因而对生态安全具有无法替代的重要战略地位，其生态环境变化将直接关系到全国的生态安全，对全国乃至全球的大气、水量循环具有重要影响。

说玉树是造物主的宠儿，是因为造物主的鬼斧神工把玉树26.7万平方公里的辽阔大地均匀地分割成玉树、称多、囊谦东部三县（市）和杂多、治多、曲麻莱西部三县。更为奇妙的是，把三个西部地区塑造成江河的源头地带，而且长江、黄河、澜沧江三大江河各占一方，使曲麻莱成为黄河的源头、治多成为长江的源头、杂多成为澜沧江的源头；东部三区则尽情接纳江河的滋养，山体松柏苍翠、草原绿草如茵。六个地区组合起来，犹如盛开的六瓣格桑花，山的俊美、水的秀丽、草的茂盛、家畜的撒欢、珍禽的高翔、异兽的迅捷在这里交相辉映，美不胜收，呈现出绝伦绝美的人间仙境。

玉树的自然之美，是一种壮美、秀美、奇美组合而成的大美画卷；而玉树的人文之美是一种粗犷中透着细腻、热情中含着奔放、庄严古朴中融着时尚活泼的神奇之美。千百年来，生产和生活在这里的一代又一代玉树人民把自己与大自然融为一体，敬畏、崇尚、保护着这里的青山绿水，同时用他们丰富的经验和无穷的智慧创造着母亲河的源头文化。我曾经在一篇文章里写过："如果说长江黄河是中华民族的母亲河的话，那么，生活在源头的玉树人民就是吮饮第一口母乳的人；如果说长江黄河是中华文明的摇篮的话，那么，生产和生活在源头的玉树人民就是创造源头文明的人。"当我更加进一步地感知和了解故乡玉树的时候，深感到这些话一点都不为过，这正是玉树人民对于全中国乃至于世界人民的重大奉献和贡献的写照。正是因为有了一代代玉树人民的无私奉献，在全球环境极度恶化的今天，在世界的东方中国，在中国的西部青海，才有了以青山绿水的姿态傲立着的一片净地——玉树。

玉树，是摄影家的天堂、是文学家的天堂、是画家的天堂、是音乐家的天堂、是歌唱家的天堂、是舞蹈家的天堂。正因为如此，在玉树这片沃土上像扎巴君乃、罗桑开珠、昂嘎、昂旺文章、嘉洋才仁、代尕、扎西达杰、才仁巴桑、吾要、贝尕、青梅永藏、尼玛拉毛、东珠多杰、赛嘎等驰名全国乃至世界的文学艺术人才层出不穷。伴随着交通的越来越便利，玉树迎来了五湖四海各行各业的朋友，他们或在这里寻根母亲河，或在这里寻找创作素材与灵感。但凡来过玉树的人，都对这片净地流连忘返。他们深感到"山清水秀"这个词用在三江源玉树，名不虚传。

玉树州环境保护局虽然成立时间不长，但他们深知自己的职责，高度重视玉树的自然生态与环境保护工作，并浓墨重彩地宣传山清水秀的美丽玉树。这本名为《山清水秀三江源》的画册，以摄影艺术的角度包揽了玉树的大美山水与人文景观，以图文并茂且最直观的形式，把玉树之美展现在读者的眼前，相信这本画册会给欲了解和走进玉树的人们一个最初的深刻印象。当然，仅仅通过一本画册是无法览尽二十几万平方公里的辽阔玉树的，寥寥数笔也是无法写尽玉树的魅力与神奇的。

朋友，俗话说百闻不如一见，如果您想更多地了解玉树、亲近玉树的话，那就备好行囊出发吧！美丽的玉树正在敞开胸怀期待您的到来！

流淌在心灵的文字

——写在那萨·索样诗集出版时

2015年6月15日，对于那萨·索样来说是个吉祥的日子，也是值得记忆的日子。因为这一天，是她拟出版的诗歌集整体交稿的日子。

那萨·索样是近几年在玉树草原崛起的一位优秀的女诗人，是一朵绽放在诗歌领域里娇艳的藏雪莲。在出版诗集之前她的作品已分别发表在《阿曲河》《现代作家文学》《康巴文学》《诗刊》《陕西诗影》《诗林》《雷公山诗刊》《极地之魂》等文学刊物上，不仅在众多的文学刊物上有了她的一席之地，而且在诗歌领域里有着一定的影响，读她的诗和喜欢她的诗歌的人也在不断地增加。

作为那萨·索样的老师，我也常常关注她的诗歌，并经常与她交流与探讨，同时鼓励她多写、多积累，争取早日出版自己的诗集。所以，就在昨天（2015年6月14日），突然接到她的电话，告诉我她的诗稿已准备就绪，编辑让她于次日交稿，并希望我为她的诗集写点什么的时候，我也感到非常的高兴。经过多年的努力，这位诗坛新秀的梦想终于要变成现实了，我要在这里衷心地祝福她：祝愿她的诗歌创作越来越成熟，越来越精美！祝愿伴随着她个人诗集的付梓，她的名气越来越大、名声越来越远！

那萨·索样是一个不善言表，性格内向却勤于学习、善于思考的人。作为一名土生土长的藏族女孩子，从小在藏族语言与藏族文化的熏陶中成长，虽然没有更多的机会接触大城市、接受汉地文化，但通过她锲而不舍的努力，学习和积累了许多藏汉文化的精髓，并且将两种文化巧妙地融合，尤其是把汉语言文字掌握得如此透彻、把握得如此精准，使得她在进行诗歌创作的时候，能够将汉语言文字驾驭得淋漓尽致。毋庸置疑，这在她诗歌作品的字里行间已表现得非常突出。对一位藏族诗人来讲，实为难能可贵。

"有情、有意、有爱"，又是那萨·索样的另一人生标志。她对养育她的那片热土、她融入的生活以及她身边的人充满了情意与爱。一个有情、有意、有爱的人，才会真正融入生活，体验生活，洞察生活中的真、善、美以及丑恶与阴险，才会用蘸满责任的笔来赞美社会的真善美，抨击丑恶与阴险，用诗歌的力量来涤荡人们的心灵。正是因为这样一个本质，促成了她许许多多表达真情与实爱的诗篇，令欣赏她诗的人，能够尽情地遨游于她的情感世界里。

那萨·索样诗歌的特点是有丰富的生活影像、优美的意境画面、精准的语言措辞。读她的诗就像渴极时饮着甘露、静夜里读着月光、休闲中赏着鲜花、随意时听着音乐，有一种浸心入肺的享受。她把眼睛看到的事物，经过大脑思考和过滤，再用语言和文字加以渲染，催生出她思想深刻、意境丰富、美轮美奂的诗文。容我摘几首选入她诗集中的诗歌来加以佐证：《甄叔迦树》"一棵乔装的异树／披着袈裟／经过前世／又邂逅在因果之间／像火焰，烤焦浊世的混沌／灵与魂紧凑／掌心与掌心靠拢／母性的柔软／在子宫里观想／又想象，在腋下开花／一棵树的丈量／一簇花的迎合／又把遗落的唇印／贴在一片叶上／仿佛能寄给某世"，这是她对于"无忧树"的描述，从树皮、生长与发育形态、色彩以及树的枝繁叶茂和鲜花的点缀，描摹得细致入微。用"灵与魂紧凑/掌心与掌心靠拢/母性的柔软/在子宫里观想/又想象，在腋下开花"这样的语句来描述这棵树的生态，实在是妙不可言，呈现给读者的简直是一幅栩栩如生的写生画。《在西藏，就做一块石头》"做圣殿的台阶/见证袈裟的记忆/触摸有温度的脚掌/与阳光做爱/与死神说笑/做匍匐的路面"，是谁见证着藏族人朝圣的虔诚？是谁印证着藏族人五体投地的朝拜？又是谁测量出朝圣者走过后留下的体温？是铺在朝圣路上的每一块石头。石头知道朝圣者的艰辛与快乐，所以做一块石头，在阳光的灿烂中、在与死神对话的坚毅中，感悟虔诚的心灵与信仰的力量，又是多么高尚的付出与奉献！

社会不能没有诗人，如果缺失了诗人，社会就是单调的，犹如草原没有了鲜花。真正的诗人，应该是左肩担道义，右肩担责任，笔锋写春秋。在那萨·索样的诗歌创作中，最大的跨越就是从最初的写景纪实到对于社会现象的关注和忧患。所以她的诗歌涉及到汶川地震、玉树地震、马航失联、环境恶化、食品安全、藏獒命运等等内容。譬如：《买牛奶》"一群奶牛/在草原深处尽责/一群苍蝇，在城市里霍乱/在街道、超市、饭店/一群人用躯体喂食一群苍蝇/让它们啃食、荼毒/然后逍遥法外"。尽管，一群奶牛在草原深处尽职尽责地将纯纯的奶奉献给人类，但是一群将蝇头小利看得比人的生命安全还重的商人们在超市、街道、饭店贩卖着掺有各种添加剂的奶汁，然而食着假奶的城里人却熟视无睹，用他们的消费怂恿和豢养着这些犹如苍蝇一般的商贩，还令其逍遥法外。这是何等的社会悲哀？为此诗人在向麻木的人们敲响警钟。《一群藏獒》"一群被切块的藏獒/找不到回家的双脚/回不了牛粪堆砌的窝/勇猛与忠诚煮成一锅汤/流在异乡的街头/也流在族人的泪眼里"。这是一群藏獒的残酷命运。藏獒，原本是藏人最忠实的伙伴和朋友，却被利益熏心的主人当商品卖到遥远的大城市，由于藏獒的贬值，藏獒变成了餐桌上的佳肴。利益使人的习俗改变、信仰丢失、道德沦丧，诗人从一群藏獒的命运窥到了人类将来潜在的相同命运，她不能不悲伤、不哭泣、不流泪、不呐喊。再看《致地震里的孩子》"听/坍塌了/一片轰隆的声音/是地狱的火焰在燃烧/地裂开了/心也撕开了/母亲的脊梁撑着/那是孩子的哭声/在地缝里/在母亲的血液里/苍天的眼/不冷不热/而风中的云撕裂成/一片片/尘土的躯体更暗了/透过云层的阳光/静默着/别/孩子/不要把双手投向灰尘里/他们都走远了/微笑着/听/风中有银铃的声音/他们向着光走去/别/孩子/不要泪湿双眼/母亲的微笑/在你身后的天空里/隆起一座大山/是爱/是慈悲/弹掉那些伤痕/把目光投向光明"。诗里记述着地震的悲惨、母亲的大爱、孩子对母亲的依恋以及人们对于浴火重生的希望。是的，明天的太阳可以烘干眼中的悲伤，只要大家齐心协力在一起，就一定能够从废墟中勇敢站立！

通读那萨·索样的诗集样稿，有一种激情和热血在体内澎湃，不难看出，那些闪烁着光芒的文字，一定是从她的心灵深处流淌而来，故此文命名为《流淌在心灵的文字》，谨以此文献给那萨·索样的诗集。不是"序"，不是"跋"，也不是诗评，仅仅是一篇读后感。

2015年6月15日，于故乡结古

热爱的结晶

——《秋加的诗》之序

就像初春时节看到草原上盛开的第一朵格桑梅朵一样，在五月，这个春暖大地的季节里，藏族青年诗人秋加才仁的诗集《秋加的诗》（清样）犹如美丽的鲜花绽放在了我的眼前。这本沉甸甸的诗歌集子凝聚了作者多少的辛劳与汗水自不言而喻，然这本诗集的面世，不仅是作者本人的一件幸事，也是我省诗坛的一件幸事。这意味着在我省诗歌创作的园地里又增添了一位少数民族的文学新秀，而且在这本集子里不乏"五百年前／我是你无意间拾起的石粒／于是／便有了今世的相遇／五百年后／我是你窗前失眠的细雨／于是／便有了今世的等待""生命如莲花般／在圣洁的心灵盛开／我口吐如诗的语言／印上真诚的感情"等佳作、警句从秋加才仁这个才情涌动的诗人的胸膛里奔涌而来，又通过这本诗集展现给了爱诗、读诗和赏诗的人们，定能像纯净的山泉一样，净涤读者的心灵。

秋加才仁，是一个朴实得像泥土，真实得像雪山，热情得像烈日，执著得像种子，然而又固执得像顽石一样的人。由于他的不卑不亢，由于他的性格使然，也曾遭到过许多不解或冷遇。他生活和工作在海拔4400米的高原牧区，那里是一个不到4000人口的小镇，文化娱乐生活极其匮乏。在这样一个精神生活极其贫窭的地方，看书、学习，尤其是搞创作，在许多人眼里便是不可思议的事情；于是，那个经常蓬着乱发、揣着书本、握着钢笔，还不时地吟诵着诗歌的秋加才仁在他们眼里就成了另类。然而秋加才仁却似一个苦行僧，坚守操行，不为名利所动，不为浮躁所染，用诗人的宽阔胸怀来面对身边的人们："我应该用笑容/来面对现实的无奈/因为/我生长在一片英雄的/土地上/我应该用哈达/来面对所有的人群/因为/我信仰无上慈悲的佛法"。挚爱于文学和文学创作的秋加才仁，就是这样在人们诧异的目光中、不解的疑问中、善意的劝说甚或于恶意的冷嘲热讽中，毅然决然地、不为所动地驾驭着挚爱的文字和文字里的爱，踏上了一条艰难的登峰之路。

秋加才仁出生在青海省玉树藏族自治州称多县一个极普通的藏族牧民家里，这里有着丰厚的文化积淀，驰名中外的"白隆卓""通天河歌舞"就发祥在此。秋加才仁从小在称多歌舞和大人们讲述的《阿克登巴的故事》《说不完的故事》《格萨尔的故事》等民间故事的熏陶下长大，故事里的故事成了他幼小心灵中七彩斑斓的世界。后来父母亲送他上了学。从称多县附属中学毕业后，他考入玉树州民族师范学校，在这座玉树草原最高的学府里他受到了更多的文化熏陶，阅读了大量的文学书籍，并在文学老师的精心指导下开始创作诗歌和散文。他的处女作就发表在玉树州民师自办的校园诗刊《通天河诗刊》里。虽然不是正规出版物，但是当他看到自己的诗作变成铅字时，那份冲动令他久久不能入眠。于是，他便做起了诗人梦、作家梦；于是，他手中的笔就更加勤奋不辍；于是，便在一个偏僻的山镇里脱颖出一个优秀的藏族青年诗人——秋加才仁。

秋加才仁是一个心怀感恩与大爱的人，他无比热爱给予他生命、在极不富裕的生活环境里供他上学、养育他成人的父母双亲；无比热爱山清水秀、人杰地灵的生命摇篮——称多草原；无比热爱赋予他好男儿铿锵风骨的土伯特民族。在他的诗歌集子里以大量的诗篇来讴歌家乡的父老乡亲、家乡的山山水水以及藏民族不朽的文化。于是在他的笔尖下便流淌着如此悠扬的诗句："土伯特／我的母亲／当触摸你文明的脸颊时／渴望散发生命清新的芳香／于知识的汪洋间／游荡着一群雪域的后代／土伯特／我的母亲／就让我的血液／激起您生命的浪花／你的明天／有我年轻的激情／土伯特／我的母亲／我就是您千万子民中／爱您的一员／如所有血性的儿女／用赤诚来谱一曲高亢的交响曲／在世界最高之巅／让仰头凝视您的人们／再次／颂诵您／土伯特母亲的尊严"。

父亲，在他眼里是那样的伟岸："每一句话都是一座雪山／让远方的儿子／从不敢轻易游戏／关于生命的真诚／父亲内心如火的期望／希望我展翅生命的高空／决不轻易地蜷缩于／命运多难的风雨间"。当他看到父亲"古铜色的脸庞／诉说着岁月的沧桑／不论狂风暴雨／总挂着太阳"时，便发出了如此撼人的心声"真想／舍去我的生命／来抚平您额头的皱纹"。然而，一个七尺男儿对于母亲的眷恋却又是如此的缠绵"假如／来生／我依旧降临人世／愿永不再长大／一生只在母亲的膝旁／聆听关于成长的故事"。"孝道"，是中华民族的共同美德。在藏族文化中，"尽孝"是每一个拥有生命的人与生俱来的责任，把它看得比生命还重。秋加才仁正是因为具备了这一文化内涵的积淀，才会表达出"舍去我的生命／来抚平您额头的皱纹"的拳拳孝子之情。

教师被称为"人类灵魂的工程师"，又被视为太阳底下最崇高的职业。秋加才仁是称多县清水河镇中心寄宿小学的一名教师，他无比热爱自己所从事的职业，因而在他的工作和生活里，那些天真烂漫的小学生已成为他生命中不可分割的一部分："亲爱的孩子／我会弯下／你们心中／高大的身躯／静静聆听你们／天真的话语／亲爱的孩子／我会收起／你们心中／威严的面孔／用阳光般的慈祥/填满你的童年/亲爱的孩子/我会走下/你们心中/高高的讲台/让心灵没有距离/亲爱的孩子/我会收藏起/生活的无奈/用我所有的温馨/告诉你们/明天的天空会更蓝"。无论生活多么坎坷,无论身处何等的逆境,对于孩子们的那份关爱及真情犹如山谷里流淌的清泉,那样纯净无私。

博大精深的藏族文化,是秋加才仁接触文学、感知文学,从而酷爱文学的根本所在。由于他对于本民族文化的熟知再加上诗人的洞察能力,他对于周围的人文现象具有独特的理解和感悟,比如他心目中的"牧人"是那样的纯朴、睿智、勇敢与洒脱:"踏着四季的风雪/从远古走来/古铜色面孔的族人/牛粪燃起的文明/在摇曳的酥油灯间/转动起轮回的念珠/牦牛背上托起/一个刚毅的民族/不变的是牧人魂/屹立千年的雪山/诉说他们的沧桑/不屈的是牧人魂/这个从雪山间/走来的民族/让心胸在草原/盛开/这个从雪山间/走来的民族/让幸福飘飞在/蓝天","唱一首来自天籁的歌/手中的牧鞭/牵着远方牧羊女永恒的秘密/你就是草原的主人/你就是江河的源泉"。而"牧歌"又是那样的清澈、悠扬、富有感染力:"你/是上天对雪的恩赐/世界再冷/那声声飘自天籁的歌声/依旧在牧民的心灵/盛开了花/你/是年迈阿爸/马背上飞翔的翅膀/多少挤奶的姑娘/心中荡起爱的涟漪/你/是转经筒后/阿妈一生的秘密/少女的情怀/羞涩地绽放在心灵深处/悠扬的牧歌/随帐顶的炊烟升起/永久回荡在雪域/藏家风雪的岁月/一声声牧歌/一段段传说/古铜色的皮肤/从来都是追逐太阳的人"。一个从牧歌声中走来的民族,一个通过牧歌传情达意的民族,一个伴着牧歌成长的民族,就这样走进了诗人的字里行间,令读者遐想万千。

崇尚大自然、敬畏万物生灵、人与自然和谐相处是藏族文化的精髓所在。秋加才仁从小生长在长云绕山间穿行,蓝天与草原交融，羊群共白云一色，青山与绿水相映的美好环境里。于是他无比留恋童年生长的摇篮："真想／瞬间回到儿时的故乡／在牛粪堆边用七彩的石块／垒起梦想的灯塔"，然而无情的现实却摧垮了他"梦想的灯塔"，因为人为的破坏，而随之带来的天灾人祸，使得周围的生态环境每况愈下，草原沙化、湖泊干枯、珍贵野生动植物濒临绝迹。这对无比敬畏和热爱大自然的诗人来说，他的心流血了、他的责任心爆发了，于是他怀着对大地的忧患，对天长啸："什么时候开始／我们额间智慧的光环／化成了一片寂寥的荒漠／……／如同早已干枯的湖水／对着干瘪的土地／试着用流下的泪滴／去重塑往日的碧水蓝天"，"站在这刚被风沙／蹂躏过的土地／面对这片记忆中的草原／只想／趁自己还有勇气／流下最后一珠泪水／就让它滴落在／这片和我／血肉相连的土地／想象／来年的春天来临时／盛开美丽的花朵"。他还要用一份大地儿子的责任去"编织一围花篮／在某个黄昏／挂在那个约定一生的／美丽风景线上／从此／草原有了花／花儿有了依恋／有家的孩子／就有了唱不完的情歌"。诗人，不是孤身独行的浪子，他是一个社会人。是社会人，便会对社会产生一种责任。他心灵深处的呐喊，他对于改善环境的渴望，也是整个社会人的心声与心愿。

爱情是人类永恒的主题，诗人自有他浪漫而深沉的爱："于是／佛把我变成了一块石头／重重地落在你／必经的路上／你不经意时的一瞥／是我前世修来的福／于是／佛把我变成了一条河／夜夜流淌在你／必经的路上／你踏过时溅起的浪花／是我无限的期待"。既浪漫又执著，只有充满真情实感的人，才会有如此这般的情愫流露……作为才情激扬的诗人，他的爱是多层面的，形形色色的人让他体会到了形形色色的爱："命中注定的缘／怎会如此的脆弱／而我／却为一份未知的情感／酿造一滴滴泪水……"

心中的那份挚爱，是他以诗人的情怀拥抱大地、以赤子的深情亲吻雪山草原和江河母亲的精神内在，而他心中的那份不屈不挠、犹如开足马力般勇往直前的韧劲和他身上表现得淋漓尽致的、犹如钢铁锻造的自信，是他能够在旷寂的大山深处不断延展和升华心中的那份挚爱的动力所在。如他所言："如黄金般尊贵的骨骼／流泻水银似的血液／我高贵的种姓／一脉千年／石头似的脊椎间／平凡如水的血脉／我贫困如荒的姓氏／却不曾低贱"，"同样是父母一生的骄傲／为此我的一生不曾失落／共赴人生的风雪中／更不曾低下头颅／只因／我们都是凌雪的汉子"。是啊，没有康巴汉子的气魄、豪情与灵动，哪会有一次次在逆境中艰难的跋涉？哪会有那一首首犹如珍珠般闪光的诗篇！

人们常说热爱是最好的老师，而在这里我要将其延伸为"热爱，是最好的母亲"，因为热爱不仅教诲你去做什么、如何去做，更重要的是，热爱会孕育出无数令人意想不到的硕果。正因为秋加才仁拥有了如此诸多的"热爱"，《秋加的诗》便在"热爱"中破壳而出。

愿有更多的人能够读到《秋加的诗》，去感受他诗歌深处隆起的土地所弥漫的芳草和鲜花的气息，再用心的尺码去丈量挥汗如雨的画面，以及来自嫩草之上的辉煌。也祝愿秋加才仁能够在今后的创作道路上更趋成熟，多出精品。

2009年5月，于乌兰

"青滇藏川毗邻地区第六届文化艺术节"
玉树州展厅前言

在流金溢彩的九月，在充满希望的九月，我们带着玉树二十多万人民的重托，怀着对党中央、国务院以及全国各族人民的无限感激之情，从三江源头的玉树草原来到三江并流的香格里拉，参加迪庆藏族自治州"青滇藏川毗邻地区第六届文化艺术节"，倾力投入此次艺术节《香格里拉——梦开花的地方》开幕式大型晚会、民族团结盛宴、康巴文化长廊展、《香格里拉之夜》大型演唱会等全部活动内容，以展示刚刚从废墟上站立起来的玉树人的风采。

我们不会忘记，当4·14这个黑色日子降临大地的时候，就像这个数字的不祥读音一样，玉树便被推进了灾难的深渊，顷刻间，玉树人骨肉分离，家破人亡，体验着人间炼狱的苦痛。我们更不会忘记，当灾难临头的时候，党中央、国务院在第一时间为我们派来驰援队伍；党和国家领导人不顾个人安危，在第一时间来到我们的身边；全国各族人民的爱心也同时聚集到了高原玉树。我们会永远记住这片被灾难蹂躏的土地，让人间大爱所征服的壮美。我们会永远满怀高原人最诚挚的感恩之心，将祖国的温暖和人民的大爱铭记心灵的深处。我们坚信，有党中央、国务院的关怀备至，有全国各族人民的大爱无疆，有玉树人自强不息的奋斗精神，一个崭新的社会主义新玉树一定会迎着青藏高原无比明媚的太阳，更加辉煌灿烂地屹立在世界的屋脊。

被誉为千山之祖、万河之源的玉树，峻山丽水，历史悠久，有着深厚的历史文化底蕴和秀美的自然风光。境内高山林立，山脉绵延，溪流纵横。长江、黄河、澜沧江在群山深谷间盘旋跌宕、奔腾不息。大自然所赋予的秀丽山河，历经千万年鬼斧神工的锻造，铸就了玉树人河水般的灵秀、草原般的大气、高山般的壮美，也孕育了特色鲜明、底蕴丰厚、多姿多彩的玉树文化。于是乎，如鹰击长空般的舞蹈、如天籁回旋般的山歌、如山花烂漫般的装饰、如雪山般淳朴的民风等等，在这片激情涌动的大地上竞相绽放，成为青滇藏川康巴文化的重要组成部分。我们除了自豪地向世人宣布——"会说话就会唱歌""会走路就会跳舞"以外，我们还可以无比自豪地说——"如果说，长江黄河是中华民族的母亲河的话，我们就是吮饮第一口母乳的人；如果说，长江黄河文化是中华民族的文化的话，我们就是创造源头文化的人！"

康巴艺术节是青、滇、川、藏毗邻地区的重要经济文化活动，由青海省玉树藏族自治州、西藏自治区昌都地区、四川省甘孜藏族自治州、云南省迪庆藏族自治州联合创办。康巴艺术节自首届至本次由云南迪庆州承办的艺术节，已举办六届，历时十七年。十七年来，三州一地同心协力、团结友爱、精诚合作，立足全局、整合资源、突出特点、创新亮点，将康巴地区神奇古老土地上勤劳、勇敢、智慧的藏族人民在长期的生产生活中所创造的丰富多彩、独具魅力的民族文化艺术像珍珠般串连起来，呈现出规模愈来愈大、范围愈来愈广、亮点愈来愈多、质量愈来愈高、特色愈来愈鲜明、内容愈来愈丰富的良好态势，为挖掘、整理、提升民族民间文化，展示非物质文化遗产，守望人们的精神家园做出了不朽的贡献。

青、滇、川、藏毗邻地区的兄弟姐妹们，让我们手拉手、肩并肩，在美丽的香格里拉，在期盼已久的第六届康巴艺术节的盛会上，唱响"团结、和谐、发展"的主旋律，为弘扬民族文化，增进民族团结，振奋民族精神，维护祖国统一，加强交流协作，保护和发展生态旅游，促进康巴地区经济发展、社会和谐、文化繁荣添一份绚丽的色彩；为伟大的祖国呈献璀璨夺目的民族文化瑰宝。

2010年8月31日，于西宁

心血浇灌二十年　桃李芬芳三江源

——玉树八一孤儿学校建校二十年纪实

蓝天白云覆盖下的玉树草原，因长江、黄河、澜沧江的滋养而风景旖旎；崇山峻岭环抱中的玉树草原，因淳朴、善良、勤劳的人民而富饶美丽。这片沃土，是爱的草原与情的鲜花完美交织的人间天堂，是生灵万物生根开花枝繁叶茂的幸福乐园。玉树藏族自治州八一孤儿学校，宛如其间的一朵雪莲花，迎风傲雪二十载，书写着她不平凡的辉煌历史。

一、盛开在三江源的雪莲花

玉树地处青藏高原腹地，总面积20多万平方公里，20年前，全州只有20多万人口，平均每人占地1平方公里，其辽阔的草原、稀少的人群注定了这里的人们居住极其分散，交通、医疗、文化生活极度受限。特别是基层缺医少药，一些危重病人、尤其是难产孕妇因无法得到及时救治而撒手人寰，再加上一些天灾人祸，无常的生命在无常中消失，却留下了许多无助的孤儿。

一大批的孤儿何去何存？这一现实问题，已成为当时的玉树州委州人民政府在竭力解决民生问题时遇到的最棘手最难以解决的大问题。

1992年3月，在首都北京召开的一次全国慈善会议上，时任玉树州人民政府副州长的罗松达哇有幸结识了国际援助基金会会长阿公活佛。与会期间，罗松达哇副州长仍然惦记着大山深处那些无助的孤儿们，他向阿公活佛介绍了孤儿们的情况，并诚恳地希望国际援助基金会能够在玉树援建一所孤儿学校，阿公活佛答应适当时来玉树实地考察。

1992年10月，玉树州委州人民政府就援建孤儿学校一事，特邀阿公活佛一行来玉树专题考察，双方很快达成十项协议，拟于1993年9月，在玉树州州府结古镇合作创建一所玉树孤儿藏医大专班，学制十年，给全州六县每个乡各分配一个名额。协议签订后，州人民政府立即付诸实施，将州人民医院搬迁后的几排旧房和院子划拨给孤儿学校，并选派州藏医院年轻的医生尼玛仁增担任校长，配备若干名教师和基本教学设备。

1993年9月1日，玉树大地阳光普照，玉树长空祥云飘荡，玉树草原牛羊肥壮，处处展呈现着一派丰收的景象。恰在此时，在原玉树州人民医院的院子里爆竹声声、锣鼓喧天，人们身着节日的盛装，怀着无比激动的心情，热烈欢庆玉树孤儿藏医大专班的开学盛典。

这一天，玉树人奔走相告，传送着玉树有了孤儿之家的喜讯。

这一天，首批入校的50名孤儿有了真正属于自己的温暖家庭。

这一天，孤儿学校的首任校长和教职员工们除了内心装满喜悦、眼里噙满热泪，双肩上也同时担负起了巨大的责任。

这一天，筹备了一年多时间的、玉树开天辟地以来的第一所孤儿学校犹如一朵迎风傲雪的雪莲花，在美丽的三江源尽情绽放，开启了她既举步维艰又辉煌灿烂的历史篇章。

二、办学举步维艰，校长身先士卒

　　雁群飞得多高，要看领头雁；羊群走得多齐，在于领头羊。尼玛仁增校长力担众望，义无反顾地带领全校师生开始了艰难的创业史。

　　隆重的庆祝活动结束了，前来参加庆典的人们都乘兴而归。但是摆在校长和教职员工面前的校舍却是几排破旧、简陋的土房。房屋墙体倾斜、四处裂缝，屋顶大面积毁损。至于办公设备、教学设施、教学器材等更是寥寥无几且残缺不全。面对这样陈旧、简陋的校舍，尼玛仁增校长在没有任何基建资金的情况下，坚定不移地带领全体教职员工，牺牲一切休息时间，自己动手改造危房。除了请来几个大工以外，所有的教职员工都在校园里当小工。他们有的打土坯、有的运土、有的和泥、有的搬运石块。就这样，通过几个月的艰苦努力，硬是把几排破旧的危房改造成了像模像样的"新"校舍。

　　学校的性质属于社会福利性学校。除了部分教职员工的工资由州财政承担以外，所有的基础设施建设费、办学经费、办公经费、外聘教师费用、学生的衣食住行和学习费用以及医疗费用等一切经费开支均来自省、州各级有关部门的生活补助和各地慈善机构、爱心人士及社会各界的捐助。为了得到他们的援助，尼玛仁增校长像一个苦行僧一样，走南闯北到处"化缘"。从州、县一级的民政局、红十字会和慈善组织到省上的民政厅、红十字会和慈善组织，再到国家的民政部等相关部门都留下了尼玛仁增校长的足迹，他还想方设法与一些国际慈善协会取得联系争取援助。从1992年建校到2010年玉树遭遇7·1级强震前，通过尼玛仁增校长锲而不舍的努力，学校在1.1万平方米的占地面积上兴建起了教学楼、师生公寓楼、办公室、食堂、综合楼、图书馆、医务室、多功能礼堂、洗浴室、并配备了电教室、计算机教室、阅览室等，总建筑面积5600多平方米。

尼玛仁增校长还不忘当地缺医少药的现状，积极与国内外医疗慈善机构联系，连续数年邀请加拿大、意大利、英国等国家的医疗专家，为本校学生诊病、治病、防病。同时利用这一千载难逢的机会，为周边数千名贫困牧民进行无偿救治。又想方设法把华北电网有限公司电力医院引进学校，在学校建立了"爱心齿科站"。

经过十几年的不懈努力，学校在地震前就已成为玉树州唯一一所集生活抚养、文化教育、职业培训三位一体的新型孤儿收管基地和孤儿学生读书学习的幸福家园。而尼玛仁增本人除了获得一个"国际大乞丐"的绰号以外，还荣获"玉树州卫生系统先进个人""玉树州先进教育工作者""玉树州项目建设工作突出者""中华公益之星""中华慈善家""慈善事业突出贡献奖"等殊荣。

三、爱心浇灌的校园，温暖如春

从第一批学生入校的那一天开始，学校便成了"托儿所""保育院"。

首批入校的50名孤儿均来自最基层的牧区，初入校门时，这些平时缺少关爱的孩子们衣衫褴褛、蓬头垢面。老师们面对这些孩子，首先是为他们清理个人卫生。帮他们洗澡、理发、剪指甲，帮他们换上崭新的校服；接着带他们适应学校环境和周边环境；然后再根据各自的年龄和掌握知识的情况，为他们分班、带他们上课。

　　由于孤儿的特殊情况，校长把孩子们分别分配给不同的老师，让他们彼此建立起师生加亲子的关系。这样，学校的全体教职员工还拥有了一份非常特殊的身份"阿爸"和"阿妈"，他们不仅仅是学校的老师、员工，还是孩子们的父亲和母亲。

　　相比之下，老师好当，但父母就很难当了。老师们白天要备课、讲课、改作业。晚上还要守着孩子们写作业、洗漱、入睡，半夜还要起来多次，为孩子们盖被子。

　　每到节假日，老师们又要把各自的"孩子"带回家，让他们感受家庭的温暖。

　　即使这样，个别学生还是不适应学校生活。他们留恋大山深处无拘无束的生活，觉得学习很苦、学校太严、老师管得太多。其中有三个学生不安于学校的生活，他们一个梦想着当老板、一个梦想着当活佛、一个一心想去拉萨。他们商量好共同逃出学校，去寻找他们的梦想。于是在一个夜深人静的夜晚，他们趁老师不备，翻墙跑出了学校。查夜的老师发现后，校领导马上组织老师们连夜分头寻找，整整找了一宿，第二天太阳还没有露出鱼肚白，三个孩子却在一个小巷子里出现了。再后来，在老师们的真心感召下，孩子们不要说逃学，就是让他们走，都没有一个愿意离开的。每一个孩子，都打心眼里把学校当成了自己的家，把老师当成了自己的父母。

　　病从口入，人吃五谷杂粮，一些疾病总是防不胜防。学生生病也是常有的事情。

　　每当学生生病时，那老师就一直守在身边，为他们端饭、喂药、观察病情直到病愈。

　　如尼玛东周同学入校时就患有先天性脊椎畸形病，为了医好他的病，学校想尽一切办法，历经千辛万苦，把尼玛东周送到美国去治疗，在美国经过三年的治疗后，病情完全康复，活蹦乱跳地回到了学校。能够把一个患病的孤儿送到国外治疗，这在玉树历史上是绝无仅有的，一时被传为佳话。

学生卓玛代藏，因严重的心脏病，需要送往西宁住院治疗，还是校长亲自把她护送到省城西宁住院治疗，而且一直守在病床边，直到小卓玛渐渐恢复健康。

学生拉措因左腿静脉严重受伤，完全失去行走能力。班主任和任课老师们轮换着整整陪护了半年，一直到拉措能下地走路。

曾有两次在全州流行腮腺炎和菌痢。这两次，几乎所有的学生都病倒了，全体教职员工齐心协力、精心护理。那阵子，不要说过双休日，连回家照顾自家老人和孩子的时间都没有。但所有的老师都无怨无悔。

即使是已经毕业出去的学生，只要遇到困难，学校都会不弃不离、一如既往地全力帮助他们解决生活、学习、医疗等费用。如已经毕业5年、目前正在青海大学上学的布沙增忠，因突发大出血导致肺、肾衰竭，在省第二人民医院重症监护室抢救治疗，由于付不起昂贵的医疗费用，布沙增忠只得求援于自己的母校。学校得知她的近况后，校领导专程赶到医院进一步了解病情及治疗情况，还帮助支付十余万元的医疗费，现在布沙增忠的病情已基本稳定。

曾经艰苦的生长环境，使大部分孤儿都患有不同程度的营养不良症和一些潜伏疾病，有的孩子病情还很重，送到省内各大医院都无法救治。在这种情况下，学校通过各种渠道，想尽一切办法与北京301医院、北京儿童医院、武汉同济医院等国内著名大医院取得联系，将患病学生送去治疗，确保了孩子们的及时治疗。

为了防患于未然，学校加强了体检与保健制度。投资20余万，每年为学生体检一次，并建立健康档案。同时加强卫生常识的传授和学校医务室的建设。

　　由于孤儿们的家境特殊，大多都沉默寡言、性格孤僻、封闭自卑，而且对人充满了猜疑和提防。

　　旦周是来自杂多县阿多乡的一名孤儿，家里原有11口人，阿爸、阿妈和8个弟妹。他们一家在大山深处逐水草而居，与蓝天白云、江河草原为伴，过着无拘无束、无忧无虑的幸福生活。然而，祸从天降，阿爸和阿妈不知患上了什么病，一个月内就相继离开了9个可爱的孩子，原本幸福的家，忽然间天塌了地陷了，9个孩子瞬间变成了无依无靠的孤儿。学校得知这一情况后，与当地乡政府取得联系，把其中的3个兄妹接到了学校。3个孩子刚刚走进校园的时候，怕被分开，由大哥旦周紧紧地抓着弟弟妹妹的小手，决不放松。无论大队书记和老师们怎么劝导，他们都抱作一团、如临大敌。后来老师们精心地为他们洗澡、换新衣，把兄妹3个分配在一个班里读书学习。兄妹3人很快适应了学校的环境，而且学习都很努力，特别是旦周表现突出，担任了班长。

　　面对这样的孩子，老师们总要耐心地和孩子们交流，对他们问寒问暖，进行心理疏导。点点滴滴的事情都要付出百倍的心血和努力。校园里到处都充满了老师们的真情与大爱。

　　这世界，唯有真情，才能化解心灵的冰峰。那些性格孤僻、心灵封闭、遭遇不幸的孩子们，在老师们无微不至的关爱中，真正体会到了人间的温暖，体会到了不是父母胜似父母的真情与大爱。

　　在这所充满人间大爱的校园里，孩子们无忧无虑、幸福愉快地学习和生活着。他们快乐的身影像轻盈的小燕子一样，穿梭在校园的每一个角落里；他们灿烂的笑脸，像鲜花一样绽放在学校的每一个场所；他们朗朗的读书声飘荡在校园的晴空，化作朵朵洁白的云朵飘向远方。他们唱着的《园丁之歌》，发自心灵的深处——

是你起早贪黑为我们料理生活，是你不厌其烦教我们识字学习，你像慈母一样善良，你像严父一样伟岸，你用温暖的胸怀给了我们人间的大爱。啊老师，啊园丁，你是我们最亲最爱的父母。

是你苦口婆心为我们树立信心，是你言教身传让我们茁壮成长，你像雪山一样高洁，你像彩虹一样美丽，你用无私的心灵给了我们幸福的家园。啊老师，啊园丁，你是我们最亲最爱的父母。

四、朵朵鲜花在温暖的校园里绽放

二十年风雨历程，迎来二十个春华秋实。

在全体教职员工的精心培育下，一只只雏鸟开始羽毛丰满。他们不仅仅在校园里吃得饱穿得暖，开心快乐地长身体，而且积累了不少基础知识和专业知识，以及做人做事的道理。

建校二十年来，在玉树州委、州人民政府、省民政厅、红十字会和社会各界的关心支持下，特别是国际援助基金会及其会长阿公活佛在人力、物力、财力等方面超乎寻常的援助下，学校顺应时代发展的潮流，全面贯彻落实党的教育方针和社会福利事业政策，始终践行"课内当老师，课外做父母"的工作职责，"抚养为本、教育为上、无私奉献、培育人才"的办学理念，"呕心沥血当辛勤园丁，无微不至做孤儿亲人"的教风和"勤奋求实，全面发展"的学风，在抚养和培育孤儿学生方面做出了斐然的成绩。学校已培养了四届职业教育和九年义务教育的300余名毕业生。

2003年9月的一天，学校为首批学员举行了隆重的毕业典礼。

这一天全校老师的眼里都含满了幸福和激动的泪水。他们含辛茹苦十余年，终于看到了首批学员完成学业、走出校门、踏入社会的一天。

这一天，校长尼玛仁增更是激动万分，他说："今天是喜悦的日子，是吉祥的日子，是惜别的日子。此刻，我们每个人的心情是无比的激动，因为我校首届学员就要毕业了，他们将要阔别母校，踏入社会，成为社会的中流砥柱。"

在学校的再三努力下，首批毕业的50名学员全部分配到了基层医院，用他们学到的专业知识，为当地老百姓诊治疾病、排忧解难。他们勤勤恳恳、任劳任怨，已成为广大牧民心目中颇受欢迎的好"曼巴"。

2007年第二届毕业班的学生分别以优异的成绩考入西北民族大学、青海省卫生职业技术学院、西宁市新世纪职业技术学校、海南州卫生学校、玉树州职业综合学校等院校深造。

2008年第三届九年义务教育初三年级的学生在全州中考中，以前五名的成绩考入了州重点高中。

2010年第四届九年义务教育初三年级的学生在全州中考中，以第一名的成绩考入玉树州民族中学，继续接受高中教育。

学校还在首批学员中选送10名优秀生，到美国、英国、瑞士等国家留学。其中有的已留在国外工作，有的已成为玉树地区的外语骨干教师和优秀翻译。

鉴于学校办学的卓越成效以及对社会所做出的特殊贡献，2004年，省教育厅将学校纳入国民教育系列，使学校实现了从民办公助的福利性学校到公、民合办的以九年义务教育为主、涵盖职业教育的办学格局。被国家民政部授予"全国民办非企业单位自律与诚信建设先进单位""全国民政基层单位行风建设先进集体"，被青海省民政厅授予"先进民间组织"。

五、天灾无情，人间有爱

2010年4月14日，苍天突降灾难，玉树大地惨遭7·1级强震的蹂躏，玉树人民沉浸在万般的苦难之中。当时，学校所有建筑物虽然没有倒塌，但全部倾斜、断裂，沦为危房，不得不整个拆除重建。近20年来，全体教职员工艰苦创业、苦心建造的学校瞬间毁于一旦，这不能不使全体师生痛心疾首。然而，所幸的是在全校师生同心协力抗击灾难的过程中，校内没有一人被灾难夺去生命，所有的孩子都完好无损。

天灾无情，人间有爱。在大灾大难中，党的温暖、国家的力量、全国人民的博爱一时间汇聚到了重灾区结古。4月16日，温家宝总理来到学校看望全体师生，问寒问暖，关怀备至；4月18日，胡锦涛总书记视察学校灾情、了解复课情况，亲笔题词，鼓舞人心；同时，人民解放军犹如天兵天将，迅疾搭建帐篷学校，使孤儿学校成为全州第一个复课的学校。经过人民子弟兵一年多时间的恢复重建，一所崭新的学校重新屹立在原址上。在整个灾后恢复重建的艰苦历程中，又成为全州第一所率先完成重建，搬进新校舍上课的学校。

恢复重建后的玉树州孤儿学校，建设用地总面积为18468.45平方米，总建筑面积12177平方米，其中，综合教学楼5267平方米，宿舍楼4700平方米，综合服务楼2148平方米，绿地面积5600平方米。

饮水不忘挖井人，为了时刻铭记人民解放军援建学校的大恩大德，让这段历史永载史册，学校在一进大门的正中位置竖立了一块硕大的黄河石碑。

以黄河石立碑，寓意"同饮黄河水，同为华夏根，同是中国人，同铸民族魂"！

　　石碑的正面，镌刻着12个金光灿灿的大字"新校园会有的，新家园会有的"，这12个鼓舞人心的大字是玉树强震后的第5天，时任中共中央总书记胡锦涛在亲临玉树灾区、视察孤儿学校时的亲笔题词。她犹如破晓的曙光，给了每一所废墟中的学校重建校园的希望，给了每一位灾难中的人们重建家园的信心。

　　黄河石的背面，一字一板刻下了人民解放军驰援灾区，援建孤儿学校的真情与大爱，将军民鱼水情意铭刻于此，千古传颂——

　　　　三江之源，百川浩淼，草原沃广，风光旖旎。二零一零，四月十四，七级地震，山河悲鸣。九曲河畔，绚丽玉树，生灵涂炭，物毁人亡。祖国母亲，人间大爱，主席关怀，莅临题词。党的力量，日月之光，举国之力，众志成城。人民军队，火速驰援，抗震救灾，舍生忘死。灾后重建，举世无双，挑战极限，临危不惧。兰州战区，肩负重任，援建官兵，不辱使命。昼夜奋战，攻坚克难，赤胆忠心，不负重托。校园锦绣，矗立坚固，雪域奇迹，恩泽子孙。鱼水深情，孤儿不孤，壮哉军威，功炳千秋。

　　学校曾三易其名，每一次的更名都记载着她特殊的一段发展历程。

　　1992年，学校初建时校名为"玉树州藏医大专班"，隶属玉树州藏医院，旨在把孤儿学生培养成藏医人才。

　　1999年，学校为了更好地适应全州孤儿生源不断增加、各地孤儿入学需求与日俱增的实际，向省民政厅、州人民政府申请将藏医大专班办成孤儿学校。2002年，玉树州人民政府批准将学校更名为"玉树州孤儿藏医学校"。从此，学校开始面向社会招收适龄孤儿学生。

2012年，为了永久纪念人民解放军援建学校的大恩大德，"玉树州孤儿学校"更名为"玉树州八一孤儿学校"。虽然只两字之别，但增加的"八一"二字，宛若闪闪的红五星，将在学校不断奋进的历史长河中永远闪烁耀眼的光芒！

崭新的校园，矗立着鳞次栉比的大楼。一跨进学校大门，正中间是宽阔的体育场，右侧是学生公寓楼，大门正前方是综合教学楼，教学楼的东侧是综合服务楼。已成为拥有多媒体教室、图书室、阅览室、电教室、洗浴间、餐厅等，设备、功能齐全的第一流学校。

整个学校按照可容纳810名学生、90名教职员工、9个年级、18个教学班、全寄宿制的规模建设。目前学校实有9个年级，11个教学班，433名在校生，55名教职员工。

2012年5月4日，经省民政厅和州人民政府批准，在学校挂牌成立"玉树州育才儿童福利院"，两块牌子，一套人马，使学校规模和业务范围得到进一步扩大。

新的校园，带给我们的是新的机遇和新的生机。面对新的机遇，学校正以全新的精神风貌，进一步全面贯彻落实党的教育方针，审时度势，与时俱进，结合现阶段孤儿学校的实际情况，制定和完善了"自强不息，勤勉笃学，感恩奋进"的校训，"一切为了孩子的心智健康与茁壮成长"的教学目标，"给关爱，给尊严；教知识，教做人"的校风，"用心育人，用情育人，用爱育人，用才育人"的教风，"好学上进，健康发展"的学风。同时制定了一系列行之有效的教学管理制度与办法。

成绩属于过去，前途更需努力！在新的环境、新的形势下，学校将以更加高度的责任感和百倍的努力，抢抓机遇，迎接挑战，感恩奋进，再创辉煌！

六、结尾（玉树八一孤儿学校校歌）

莲花一样圣洁的心灵，江河一样激荡的热情，点亮了我们的生活，成就了我们的希望。亲爱的母校，是你给了我们幸福的生活，养育我们茁壮成长！

太阳一样温暖的校园，草原一样博大的胸怀，描绘着我们的蓝图，放飞着我们的梦想。亲爱的母校，是你给了我们智慧的心灵，激励我们勇敢飞翔！

啊，亲爱的母校，亲爱的母校，你是我们成长的摇篮，你是我们幸福的家园。在你的怀抱里我们自强不息，我们勤勉笃学，我们感恩奋进！

一次意义深远的盛会

——格萨尔大型音乐专辑《世界公桑》（序）

玉树，是一个美丽而神奇的地方，长江、黄河、澜沧江、雅砻江发源在这里；唐蕃古道、茶马古道延伸在这里；唐古拉山脉、巴颜喀拉山脉绵延在这里；尕朵觉卧、格拉丹东、玉珠峰耸立在这里；巴塘草原、嘉塘草原铺展在这里。

玉树，又是一个文化底蕴极其丰厚的地方，这里的人们"会说话就会唱歌、会走路就会跳舞"，通天河依舞、嘉囊卓舞、囊谦牛角胡发祥在这里；嘉囊玛尼、勒巴沟山嘛呢水嘛呢镌刻在这里；宁玛派、萨迦派、噶举派、格鲁派藏传佛教四大教派集中在这里；安冲藏刀、囊谦黑陶、玉树服饰名扬在这里。

玉树，更是格萨尔的故乡，假如说"玉树的一草一木都流传着格萨尔的故事"有些夸张的话，那么"玉树的山山水水都蕴含着格萨尔的故事"，却一点儿都不为过。这里的山是格萨尔的气概，这里的水是格萨尔的灵魂。这里的人民是《格萨尔》的传承者，千百年来口耳相传，传颂着格萨尔的英雄故事。

玉树州所辖六县都与格萨尔有着密切的关系：玉树县（现玉树市）是格萨尔大将治噶叠求俊白囊的领地，称多是总管吉本察根的领地，囊谦达纳寺是格萨尔的家寺，其神山松林间矗立着格萨尔三十大将的亡灵塔，杂多是达色财宝王国的所在地，治多是王妃珠牡的故乡，曲麻莱是格萨尔赛马称王的地方。

　　玉树，到处都有格萨尔的文物遗迹：结古寺出土的格萨尔大将治噶叠求俊白囊的武器库，囊谦县白扎乡有格萨尔大将东白日尼玛江才家族珍藏的千余部经卷，囊谦县达纳寺珍藏的珠母海螺腰带散片、格萨尔头盔、毡帽、铠甲、长矛、盾牌等，称多县下赛巴寺珍藏的格萨尔长剑，曲麻莱麻多乡境内的格萨尔赛马称王登基台，玉树县境内的格萨尔射箭台等等，都记载着格萨尔征战南北、降妖伏魔的英雄事迹。

　　《格萨尔》是世界上最长的一部英雄史诗，被誉为东方的伊利亚特。她是藏族人民集体智慧、集体创作的结晶，凝聚了藏族人民的智慧，反映了藏族人民的心声，表达了藏族人民的理想和愿望。是研究藏族社会历史、民族交往、风俗习惯、人文环境、生产生活、民族文化等问题的百科全书，是世界文化宝库中一颗璀璨的明珠。

　　玉树，作为格萨尔的故乡，在《格萨尔》的抢救、挖掘、搜集、整理、弘扬诸方面做出了不朽的功绩。新中国成立后，党和国家对《格萨尔》的搜集工作极为重视，中国科学院文学研究所和中国民间文艺研究会把史诗列为重点计划。1958年，中共中央宣传部在批转中国民间文艺研究会的"中国民间文学丛书"计划时，其中《格萨尔王传》（藏文）和《格斯尔》（蒙文）就占了两本。鉴于当时西藏尚未进行民主改革，即将《格萨尔王传》的搜集工作委托青海负责进行。此事得到了青海省委省政府的高度重视，并做出了《关于继承发扬本省各民族民间文化艺术遗产的指示》，组织了由二百多人参加的"青海民族民间文学调查团"。当时，玉树作为重点地区积极参与和投入了这项工作，并进行了全面的普查。在全省上下的共同努力下，这个时期，我省抢救和搜集了上百部各种民间手抄本和木刻本，刊印了大量的汉文内部资料本，整理、翻译出版了《霍岭大战》（上册），使《格萨尔》这部千余年来珍藏在藏族民间的文化珍品，逐渐拂去历史的尘埃，崭露头角，令人叹为观止。虽然在史无前例的"文革"中《格萨尔》被打成大毒草，格萨尔工作者和格萨尔艺人均受到了残酷的迫害。但是，党的十一届三中全会以后，民间文学的发掘和研究出现了无比繁荣昌盛的景象，《格萨尔》又迎来了第二个春天，她以其博大精深的内容、生动曲折的情节、卷帙浩繁的篇幅、气势磅礴的场面，为改编和移植成更加多样的艺术形态提供了丰富的素材。随着社会的发展、时代的进步，史诗的生命力得到了更加旺盛的延续，传承的方式亦愈加新颖。作为《格萨尔》故乡的玉树人，对于史诗的热情呈现出异常活跃的态势，除了积极参与史诗的抢救、挖掘、翻译、整理、出版和研究等工作以外，还根据各自的特点从事有关《格萨尔》的文化活动，不断延续着史诗的生命。其中，玉树州文工团于1979年把《格萨尔》排成藏戏《出征》，在全国范围内第一个将《格萨尔》搬上舞台。更为可喜的是，不仅民间自发组织的《格萨尔》藏戏团比比皆是，而且《格萨尔》又从民间走进了校园。玉树州第二民族高中羊羔花艺术团每年将不同内容的《格萨尔》故事编排成节目，这是一个很好的开端，说明了《格萨尔》的弘扬，已经成为全社会的自觉行动。

党的十八大，第一次提出了建设社会主义文化强国的完整思路。文化从来没有像今天这样受到全社会的高度关注，文化的地位和作用从来没有像今天这样在经济社会发展全局中日益凸显。十八大的精神，给曾被7.1级强烈地震所蹂躏的玉树草原送来了文化大繁荣、大发展、大复兴的强劲东风。玉树州委州政府审时度势、与时俱进，提出了"文化强州"的战略，同时借力灾后重建，把"《格萨尔》文化中心"列入玉树灾后恢复重建十大标志性建筑之一。

2013年9月1日，正当玉树灾后恢复重建收官之年的重要时刻，玉树州委、州人民政府在凤凰涅槃后的美丽新玉树成功举办了"青海玉树·首届国际《格萨尔》学术研讨会"，再一次把格萨尔的研究工作推向了新的更高层面。

9月1日这一天，玉树的天空敞开蔚蓝的胸怀，洁白的云朵化作一条条圣洁的哈达，江河吟唱着悠扬的迎宾曲，迎来了参加"青海玉树·首届国际《格萨尔》学术研讨会"的来自国内北京、四川、青海、西藏以及美国、俄罗斯、苏丹、日本等国的二百余名格萨尔专家学者和说唱艺人。研讨会由玉树州文联主席彭措达哇主持。全国《格萨尔》办公室主任诺布旺丹，青海省文联主席班果，玉树州委常委、宣传部长王秀琴，玉树州人民政府副州长李军会分别致辞和讲了话。原三届中央委员、省人大副主任、全国《格萨尔》领导小组副组长、青海省《格萨尔》领导小组组长、著名藏族诗人格桑多杰，全国《格萨尔》领导小组常务副组长朝戈金，我国著名格学专家降边嘉措，玉树州委书记文国栋，青海省格萨尔研究学会等个人和单位发来了贺信。整个研讨会的学术气氛异常浓烈，我国著名格学专家杨恩洪、角巴东主、诺尔德，著名藏族学者桑丁昂江等国内外专家学者在大会上宣读并交流了学术论文。次日，在巴塘草原举行的研讨会气氛更加活跃。来自各国的专家学者畅所欲言，既在学术方面进行了广泛而深度的交流，又彼此加深了了解，增进了友谊。

毫无疑问，这次研讨会是一次在世界海拔最高的地方，举行国际性格萨尔学术交流的盛会。她具有以下深远的意义：一是此次会议，是被誉为千山之宗、万水之源、歌舞之乡、牦牛之地的玉树，有史以来召开的第一次国际学术研讨会，目的在于以无比感恩的心，向世人展现出在地震的废墟中站立起来的玉树人，不畏苦难、永不言败的精神风貌和蕴藏在玉树大地上极其丰厚的民族文化内涵；二是来自国内外的与会代表克服了海拔高、路途远、身体不适等诸多困难，以坚韧的学术态度和高度的敬业精神，善始善终地完成了各项会议日程；三是各与会代表无论是在会上交流，还是在会后探讨，都积极热情、坦诚相见，既启发了他人又充实了自我；四是研讨会上征集到了许多有价值、有分量的研究论文，为今后玉树地区的格萨尔研究工作提供了宝贵的财富；五是为下次举办"青海玉树·第二届国际《格萨尔》学术研讨会"积累了极其宝贵的经验；六是进一步提升了玉树人的文化自信、文化自觉和文化责任，把玉树地区的整个文化事业推向了新的高度；七是会议内容安排得丰富多彩，既有论文交流，又有学术研讨；既有著名说唱艺人现场表演，又有精彩的文艺节目，特别是一首由阿宝作词、扎西达杰作曲的《世界公桑》百人大合唱，气势恢宏、感人至深，令所有观看者热泪盈眶、激动万分，留下了极其深刻而难忘的印象；八是召开国际学术研讨会的意义，更在于体现了《格萨尔》是世界人民共同的文化财富。《格萨尔》不仅是藏族的、也不仅是中国的，她更是全人类的。自2001年联合国教科文组织把《格萨尔》列入世界纪念活动的那一刻起，《格萨尔》已名副其实地成为全世界共享的文化遗产。

今天的玉树，在格萨尔学方面所取得的成就举世瞩目。已成为全国乃至全世界神授艺人最多、说唱曲调最多、版本最多、听众最多、研究人才最多、文物遗迹最多、传说故事最多、流传范围最广的地区。当然，成绩永远属于昨天，未来更需努力。祈愿玉树的文化事业，在"文化强州"的战略中再创辉煌！

愿牦牛精神代代相传

——《极地之魂》序

恰在玉树藏族自治州举办首届"中国玉树·牦牛文化艺术节"的前夕，我受艺术节的发起人之一格扎先生之命，为《牦牛节文集》写序，而且次日就要完稿。

时间紧、任务重，我只好披星戴月，在繁星与月光的陪伴下匆匆读完秋加才仁先生发到我邮箱里的19篇文稿，共45000多字。选入文集的每一篇文章，都各有特点。从文学体裁上讲，有诗歌、歌词、散文和小说；从文字的种类上讲有藏语文亦有汉语文；从内容上讲有对牦牛的赞歌、牦牛与藏家的深厚渊源以及对人类自私、贪婪、虚伪、残忍的抨击等等，真可谓形式多样、内容丰富。

星夜捧读这些闪着光的文字，虽然因时间的关系，不能令我细细咀嚼每一个文字，认真品味它所散发出的深刻意蕴，但已足以让我血液澎湃、情绪激动，在与作者的心灵对接中，我的思绪深陷其间，久久不能自拔。譬如，读桑杰才让的中篇小说《牦牛》，蛮有故事情节。小说通过一家人的转场，把牧人逐水草而居的情景以及其间的人情世故、情感世界、生活细节描写得比较细腻，特别是人物的内心世界刻画得栩栩如生，颇有些文学功底。

再如那萨的《牦牛生涯》，起初我把它当成散文来品读，但读着读着，从她的文字里读出了小说的味道。她以拟人的手法，通过一头无犄角骑牛的自叙，来述说牦牛与小扎西一家的亲密关系和牦牛一生的命运。牦牛离世后的一段文字更耐人寻味："不久一群秃鹫扑下来，吓走了小鹿母子，然后把我的尸体一扫而空，我守候着那堆骨骼，我不知道我该去哪儿。几天以后我看到穿着红袈裟的人走向我的骨骼，为我诵经祈福，然后把我的头骨涂成绛红色，刻上了六字真言，放在山顶的嘛呢石堆上，随后我看到一丝亮光把我的身体渐渐要吸吮走，在我离开的那一瞬间我认出了穿上红袈裟的小扎西。"不能不说这种手法颇具匠心，读完回味无穷。

对牦牛的赞歌是这本集子的主题。作者们从不同的角度、用不同的方式对牦牛进行礼赞，有的文笔朴实、有的文笔精美，字里行间充满了对于牦牛的敬仰与珍重，也不乏优美贴切的语句。看看班玛南杰的"草原的黑帐／是从牦牛脊背上生出的天堂"这是多么美妙的诗句。索多的《野牦牛》"顶着日月／踏着风雪／背着沧桑／牵着传奇／从雪域厚重的文明中／高昂地走来"，寥寥数笔既是对野牦牛坚毅、勇敢、耐寒的赞美，又记载着牦牛与藏民族文明历史的渊源。郑万里用拟人的手法来礼赞牦牛，就显得更加亲切"一位从雪山之巅下凡的仙子／哺育着淳朴的玉树儿女／情深意浓"。而著名藏族学者多识先生的《白牦牛赞》更是直截了当，出神入化："横空的雪山是神牛的化石，雪白的牦牛像带角的雄狮，它伴随着藏民族从远古走来，在生命的禁区谱写壮丽的史诗。"列美平措《与牦牛相关的诗》讲述着藏族人生产生活的过程，诗句优美贴切、生活气息及其浓烈："把驮子连同疲劳一起卸下／再垒三块石头把暗夜点燃／如同许多相同的夜晚／今夜露宿在草滩／牛粪火上悬挂熏黑的茶锅／也在驮脚汉的生活中沸腾／酒瓶启开了满夜的醇香"。

当然，作者们的视角是多方位的，对于问题的思考和表述也是多层面的。在这里，我们看到的不仅仅是赞美诗，还有对于人类的指责与抨击。诗人久美多杰和刚杰·索木东的思维更加敏捷，文风更加犀利，他们如剑的笔锋直指人类的丑陋。如读久美多杰的《牦牛，牦牛》："记得那一伙儿初到草原、首次与你见面并合过影的作家和诗人吗？那位拍着你的肩膀激情地赞美你的官员，他临走时说的一句话，足足让你失眠了三天三夜——'牦牛，牦牛，雪域之舟，真不忍心离开你。我走了，把心留在这里。'此刻，他们正在咽着口水，兴奋地把高高摞在盘子里的你挑来拣去，不让自己的胃吃半点亏。平生不沾酒的牦牛啊，你被细嚼慢咽在刺鼻的醇香中了。"再读刚杰·索木东《一头牦牛的自白》："弯起脊梁/背影/便如雪山般沉默/而越缩越小的骨架/让顺从/成为人类最需要的文明/温暖的屋檐/收留最后一次流浪/只听到骨缝里/又一声呐喊/宛如雪崩断裂/而掠过牦牛双眼的/那一丝恐惧/你我始终/没有读懂"，这些语言一针见血，把人类的残忍、虚伪与贪婪描摹得活灵活现。为什么"越缩越小的骨架和顺从"会成为人类最需要的文明？为什么口口声声说着"牦牛，牦牛，雪域之舟，真不忍心离开你"的人们，却在盘子里把牦牛肉挑来拣去，"不让自己的胃吃半点亏"？又为什么在人们的屠刀下牦牛从"骨缝里发出的、犹如雪崩断裂"似的惨叫声，令人类视而不觉、闻而不顾？以至于让作者发出"而掠过牦牛双眼的/那一丝恐惧/你我始终/没有读懂"的哀叹。难道这一切的一切，不值得人们反思吗？

无论作者们以什么样的方式和语言来表达文章的内容，我相信，他们一定是有感而发。正因为如此，牦牛节文集《极地之魂》恰恰汇集了他们的生活、思考、见地与文采，使这本文集显得如此丰富、厚重和难能可贵。相信它一定会给懂得生活和热爱生活的人们一份深深的启迪。

牦牛，从何时起与黑发藏人结下了不解之缘，已无法做详细的考证。但是，在人类历史的发展史上，是藏族先民最先驯服了野牦牛，使野牦牛成为家牦牛，成为藏族人民赖以生存的物质基础，这已成为不争的事实。有一首歌这样唱道："野牦牛从远古走来，退去野性的本质，走进藏族的家园，用生命的乳汁滋养雪域儿女。"可见，牦牛伴随着藏民族悠久的历史和灿烂文化生存至今已有几千年的历史。自从藏民族将野牦牛驯化为家牦牛以后，牦牛不仅是藏族人衣食住行的载体，更是精神信仰的寄托。它性情温和、驯顺善良、大智若愚、大巧若拙，具有极强的耐力和吃苦精神，在高寒恶劣的气候条件下，无论是烈日炎炎的盛夏，还是冰雪袭人的严冬，均以其耐寒负重的秉性坚忍不拔地奔波在雪域高原，勇往直前地将亘古荒原驶向五彩缤纷的现代。可以说在藏民族的衣、食、住、行当中处处都离不开牦牛，牛乳、牛肉、牛毛、牛骨、牛粪等等，均为在世界屋脊上历经艰险万难，勇敢而顽强地生存下来的藏民族提供着生活、生产必需的资料来源，成为一代代在雪域高原上繁衍生息、发展壮大起来的藏民族生命与力量的源泉。

牦牛，具有"坚忍不拔、忍辱负重、吃苦耐劳、无私奋献、勇往直前"的精神，而这一精神内质恰是雪域高原人的精神风貌。由此可见，弘扬牦牛精神，就是弘扬雪域精神。让牦牛精神永远闪烁在世界屋脊的顶峰，就是要不断提升一个民族的精神实质，让这种精神传承不绝。

玉树州委、州政府勇于开创历史的先河，在雪域高原率先举办首届"牦牛文化艺术节"，其意义极其深远。它不仅能够提升雪域人的自信，更能向世人展示雪域人的精神风貌，传承优秀的传统民族文化。特别是借这次机会，征集出版牦牛节文集《极地之魂》，通过文字的传递，宣传雪域文明、弘扬雪域精神，这将会起到更加深广的作用。

　　牦牛精神，即雪域文明与精神的象征。愿通过牦牛艺术节的成功举办和《极地之魂》的出版发行，以及这种形式的不断延续，使牦牛精神代代相传。

2014年8月，于故乡玉树

跋一

文字外的感怀

贾 薇

在诗文专辑出版意向初定时，我就主动请缨要写篇文章，来表达对东珠瑙布先生的无限敬意。如今，专集付梓在即，我却数易其稿，难以定夺，甚至连日夜不能眠，太多的往事一幕幕浮现于眼前。

几年前，东珠瑙布为了回馈生他养他的草原，为了报答默默关爱他的亲人，更为了弘扬藏族文化，让更多的人了解生活在青藏高原广袤土地上的藏族人民，决定把倾注了他二十多年心血的文学艺术作品整理成册，正式出版发行，尽管这是一项完全没有经济效益的纷繁工程，然而消息即出，就有许多朋友不计报酬、自觉自愿地加入到这一行列：著名藏族歌唱家益西卓玛，著名歌星亚东、阿勇泽仁、尼玛拉毛，省垣顶级播音员及歌唱家青山、虹雨、王乐、青梅永藏、高生耀等都为这本专集洒下了辛勤的汗水，做出了无私奉献。尤为感人的是，当专集清样完成后，我国诗坛著名藏族诗人格桑多杰先生和德高望重的王贵如先生都在百忙之中，欣然作序，对专集给予了很高的评价。

有多少事让我们感慨，又有多少人让我们感动，在一次次的煎熬中，我们的精神世界得到了一次次升华，而这一切都源于东珠瑙布人格力量的感召。我要衷心感谢东珠瑙布先生为我们提供很多次合作机会，让我们真切地体会到人间的真善美。

东珠瑙布，藏族，1961年出生于青海玉树，又名周志强，朋友们亲切地称他为周哥。东珠瑙布博学多才，自十八岁发表处女作，二十多年来，他在文学艺术的道路上，不懈耕耘，大量作品曾见诸于省内外报刊，人民文学社、光明日报社出版的大型诗集中都留有他的诗文。1997年青海电视台在对他的专题报道中，盛赞他为"雪山草地托起的新星"。现在他是青海省作家协会会员，省摄影家协会会员，国家高级摄影师。

业余时间，他热衷于诗词的创作，介绍长江上游的音乐专集《天籁——长江源头第一县之歌》的解说词（赵忠祥解说）及主题歌《治多，美丽而遥远的地方》，我国第一部介绍长江发祥地的音乐风光片《曲麻莱——长江的母亲》的解说词均出自他的手。歌词《生命》《千万盏灯火为你引路》《野牦牛》《藏羚羊》《三江源迎宾曲》《我从阿妈的泪眼里启程》《念》等广为传唱，其中《千万盏灯火为你引路》曾位居新浪网歌曲榜首；《藏羚羊》成为青海省申请藏羚羊为2008年北京奥运会吉祥物的主题歌，并荣获2009年青海省第六届（新中国成立六十周年）文学艺术创作奖（为省政府最高奖项）；《因为有你》《你的温暖》《放飞希望》三首歌曲作为在深圳举办的第一、二、三届全国大型公益诗歌节的主题歌，由国内著名歌手分别在深圳大剧院、深圳歌剧院演唱，取得良好效果。

近年来，他又投身于影视编导与拍摄，纪录片《山清水秀三江源》《澜沧神韵　天成杂多》《朝圣湖　祈和平》《心血浇灌二十年　桃李芬芳三江源》以及宣传片《天成杂多　人间奇景》《走进杂多》《走进达色王国古都——杂多》，歌曲专辑《美丽的曲麻河》《山歌飞自澜沧江源》《宝地杂多》等相继问世。

欣赏他的摄影作品，一股浓郁的藏族文化气息扑面而至，他怀着对故乡山水和藏族文化的深深热爱，用心灵来捕捉大草原的神秘沧桑，以及藏族人民对美好生活的向往与追求，并且通过光与影的组合加以艺术的再现。先后在西宁、大连成功举办了个人影展，宣传了青海，传播了藏族文化。

东珠瑙布的文学艺术作品，给人以艺术的享受，哲学的启迪，人生的体验。无论是他的诗，他的词还是他的影视作品，都饱含着浓浓的酥油糌粑香味的家乡情结，或叙情状物，或摹山范水，千物蕴情，深深扎根于生他养他的玉树草原。

与东珠瑙布年龄相仿的人，故乡只是依稀寻梦的地方，而对于他，家乡仿佛是永远无法忘怀的真实而有着梦境般迷人的乐园。巴塘草原是玉树藏族自治州一片水草丰美、面积辽阔的圣地。这里曾是唐蕃古道，文成公主庙默默讲述着藏汉奇缘。一望无际的草地，静静流淌的格曲河，两岸叠嶂的山峦曾是哺育他生命的摇篮。在这片高天厚土上，东珠瑙布度过了无忧无虑的童年，大草原是他纵横驰骋的乐园，白天与牛羊尽情玩耍，夜晚在姥姥温暖的怀抱里就着《格萨尔传奇》入眠。弥漫在这片神奇土地上空的民谣山曲浸透了他的每一个细胞，大自然赐予了他慧根、灵性和博大的胸怀，静静流淌的河水，让他阴柔多情，浓郁的藏族文化陶冶了他的人格、心灵、情操。东珠瑙布曾深情回顾："我的童年生活像鲜花般灿烂，小鸟般自由，草原般舒展。"在他人生的历程中，慈祥的姥姥、严厉的父母、上进的兄长深深地影响着他，拿他的话说"姥姥是滋养我生命，把真、善、美的种子播进我幼小心灵的人；母亲是用全部的爱心和严厉雕琢我生命的每一个细节的人；父亲是把优良品德根植于我骨子里的人；兄长是值得我一生都去效仿他品行的人"。在他的秉性中仍保持着大自然般的率真与善良，保持着康巴汉子旺盛的生命激情。正是他高尚的人格、纯真的心灵，无时无刻地感召着我们，感动着我们，在都市化的朋友圈中他仿佛是盛开在雪域中的雪莲花，仿佛是傲然漫步在草滩上的野牦牛，纯洁而又极富生命力。

他对这片土地有着无法释怀的深情，他讴歌这片土地，赞美这块土地，因为他的魂已深深地附着在这片土地上。这里的一切都成为他文学艺术创作源源不断的灵感。他的诗文专集俨然就是一幅活生生的玉树藏族人民神秘生活的至纯写照：这里有藏族如花的帐篷，空中飘曳的经幡，打酥油的阿妈，还有挤奶姑娘以及骑在马背上飞驰的牧人。他极细腻地描绘出了藏族人与大自然浑然一体的独特生活："是你第一个走出了帐篷/挤奶的声波划破了夜的宁静/是你第一个迎来黎明/背水的木桶舀满金色的曙光/是你第一个甩响牧鞭/欢乐的羊群撒满了遍野山岗/是你第一个点燃炊烟/绿色的草原溢满醉人的奶香……"，一幅田园牧歌式的纯美景致，让我们神往不已。读他的诗，唱他的歌，赏他的影视作品，五彩的经幡就沐浴着我们，涤荡着我们的心灵。

我曾困惑，贤人圣士为何常居深山原野，雅士名流为何常览山川大河，从东珠瑙布身上，我顿悟，其实悠悠五千年文明那坚实的步履真是踏在大自然博大的怀抱中，默默无语的苍山静水蕴藏着来自人类源头的大智慧、大富有。在这里，人、历史、自然浑然地交融在一起，这里的人心智是健全的，体魄是雄壮的，生命是强劲的。"参天之树，必有其根，怀山之水，必有其源。"这里是生命的源头，这里是智慧的源头，回荡着天籁之声。因而一个有悟性的人，在进入她的瞬间，久远而博大的文化内涵就会奔泻而出，又何况是一个从小就沐浴着大自然恩泽又深深热爱和眷恋着她的人呢？

克鲁奇曾经说过："原野和原野理想是人类一个永恒的精神家园。"恣意纵横的词，几近口语而蕴藉的诗，洋溢着无限的生命力，渗透了东珠瑙布的真情实感，体现着他的思想境界、人文境况，在今天物欲横流的世界里给了你一个心灵的家园。当他用笔端挥洒"人间的天堂就在三江源"时，其间有对家乡的讴歌，也有对众多"失乐园"里苟且偷生的人家园般的呼唤。

他的母语是藏语，十岁才开始走出草原较系统地接触汉语，十四岁到省城民院上大学，十八岁就用汉语进行文学艺术创作，如今华发早生，不改的是对家乡的深情厚意，对亲人的深深眷恋，对朋友的赤胆忠心，凭着一身正气、一腔热血孜孜耕耘。作为他的家人是幸福的，他的故乡是骄傲的，他的朋友是自豪的，而这部凝结与历练着深爱的诗文集则更值得一赏。

文化是多元的，越是民族的就越是世界的。傲立于雪域高原上的康巴藏族，以独特的生活环境和生存方式形成了青藏高原特有的文化氛围，给人一种神秘感，使人们对康巴文化更加神往。东珠瑙布的诗文集，来自天边的世界屋脊三江源，她犹如江河源头的溪水涌动而出，她对藏文化清澈的把握，无疑也是对全球性藏学热潮的回应，也许她是细小的，但体现了对真、善、美的执著与追求，她是文化的窗口，心灵的乐园。

（作者系青海师范大学教授）

跋二

江 源 放 歌

青 山

在东珠瑙布先生的诗文集即将问世之际，我作为他的朋友，此时除欣慰之情溢于言表外，更多的是感动。

多年前一个偶然的机会同东珠瑙布先生相识，而真正相知却是三年前为他担任总策划和主笔的电视专题片《曲麻滩——长江的母亲》进行解说时。作为长期从事播音工作的我，能够通过播音结交一位值得我尊重，甚至骄傲的朋友实属难得、实属荣幸。

东珠瑙布先生的家乡在玉树草原，生于斯长于斯的他早已和草原融为一体。无论走到哪里，家乡都会永远深藏在他的心底，给予他丰富的营养，并会激起他无限的才思和灵感，创作出一首首、一篇篇赞美草原、歌咏江河源头的文学艺术作品。在东珠瑙布先生身上，你会感受到康巴人特有的质朴与豪放、真诚与坚毅。这些特质同时在他的作品中得到了完美的体现。东珠瑙布先生的作品通透着自然、真情和优美。朗诵他的诗歌，字里行间充满着亲情、友情、爱情；洋溢着对生命、家乡、自然的热爱和无尽的眷恋，同时，对社会和生态的现实也有着深刻的思考和忧患。欣赏他的摄影集，眼前展现的是高原的蓝天白云，一望无际的草原；神秘苍茫的江河源头，还有粗犷豪迈的康巴汉子、美丽动人的藏族姑娘；多姿多彩的藏族生活……这一切仿佛让你身临其境，流连忘返。聆听由他作词的歌曲，我们能感受到他驾驭歌词的娴熟技巧，以及通过音乐完美的交融和歌手深情地演绎，从而产生一种强大的冲击力，震撼和感动着你的心灵。这个世界，每个人都是独立存在的个体。这无数个体所迸发出的才情和智慧不断推动着社会的进步，也让这个世界多彩无比、灿烂无比。

几年前东珠瑙布先生《配乐诗朗诵专集》的录制过程还历历在目。《专集》中，每一首诗都饱含着东珠先生的无限深情，作为朗诵者之一的我，也一次次为他的每一首诗所动容，从而激发出我创作的激情。例如，《四十岁的我》是写作者四十岁时的所思所想，但这首诗也同样感动了录制现场所有的人，总感到这首诗就是在写他们自己。是的，东珠瑙布先生的诗会让很多人引发联想，产生共鸣。从这个意义上讲，真正的作品应感染大众、影响大众、最终属于大众。

藏语是东珠瑙布先生的母语，他十岁时才从巴塘草原来到称多县城上学并接触汉语。后来能用汉语进行文学创作，并整理成专集出版，这着实让我们这些他的汉族朋友感到惊讶和钦羡。生活中，他是一位心地善良、待人诚挚、做事执著、浑身充满激情的人。同他在一起，你不能不被他的真情所打动，不能不被他的勤奋所感染，也不能不被他营造出的艺术氛围所陶醉……和他的每一次接触和交流，都会让我充实和惬意。

今天，东珠瑙布先生第二部诗文集的出版，凝聚了他更多的辛勤和汗水，同时也进一步印证了一个朴素的道理：收获总在耕耘后，成功总在奋斗中。

（作者系著名播音主持人、朗诵艺术家）

跋三

艺术的灵性源于真诚的爱

龙仁青

首先，我认为朋友东珠瑙布是一个具有艺术天分或者说具有艺术灵性的人。

据我了解，他并没有上过太好的学校，也没有得到过任何名师的指点，但高超的艺术鉴赏能力和对艺术的那种感悟，似乎是天生的，他无师自通地写诗、写词、搞摄影，并且在这三个领域都取得了很好的成就。

我一直在考虑这样一个问题，那就是艺术天分，或者叫艺术灵性。它是与生俱来的吗？是母亲赐予一个孩子的最珍贵的礼物吗？

从唯物主义的观点出发，我觉得这种说法是不可信的。我认为，任何一种艺术创作，都与后天的努力是有关系的，和自己的心态是有关系的。看了朋友东珠瑙布的作品，我恍然得出了一个结论，艺术天分，或者叫艺术灵性，有时候来自一种真诚的爱，它来自于对大自然的爱，对故乡的爱，以及对亲朋好友的爱。

六世达赖喇嘛仓央嘉措是藏族文学史上最具才情的浪漫主义诗人，是我喜欢和崇拜的偶像。用当下流行的话来说，我是他的"铁杆粉丝"。每每读着他留给世人的绝妙诗句，频频被他诗歌中美轮美奂的神圣爱情所震撼以外，也常常被他诗歌中对故乡的那份真挚的情感所折服。在仓央嘉措的诗歌中，故乡的山水就掩映在那份缠绵的情爱之中，我曾做过粗略统计，在诗人留给人间的一百余首诗歌中，提及故乡风物的几乎在一半以上。赞美故乡，这是仓央嘉措诗歌中除了爱情之外的另一个重要内容。

品读朋友东珠瑙布的诗歌和歌词，我同样感受到了他对故乡的最真诚的爱。比如，他的歌词就有《三江源的祝福》《野牦牛》《挤奶姑娘》《蕃莫啦》《心中的度母》《藏羚羊》《阿爸是山、阿妈是河》《雪域人的节日》等，每一首都可以说是献给家乡的赞歌，每一首都是一个赤子，或者一个游子面对家乡时的一份真诚赞美。所以，我觉得，东珠瑙布的艺术灵性，更多的就是因为他是一个心里装满了爱的人，正如他在个人简介中所说的那样，是奇山秀水赋予他灵气，是民族文化丰富他生命。我认为，正是因为他对故乡对自然无限的爱，使他得到了故乡和自然的回报。

第二，我认为朋友东珠瑙布是一个无比执著的人。

我和朋友交往多年，从认识到现在成为心灵相交的朋友，大概已经有十多年了，这十多年里，我们每次见面，他都会谈到诗歌，谈到摄影，一起分享他在这方面的点滴的成绩。记得几年前，我还是一家报纸的编辑的时候，我曾经给他编发过一期他的摄影作品的专版。那时候，我就知道，朋友的创作除了摄影，还涉及诗歌、涉及音乐、也还涉及民俗文化的研究以及对格萨尔史诗的研究和关注。他从来没有停止过对艺术的追求，这也使得他取得了今天这骄人的成绩。诗歌和音乐作品有了自己的专辑，也成为国家高级摄影师。

第三点，我认为朋友东珠瑙布是一个随性的人，我认为，随性是艺术家特有的气质，只有随性，才能够向人们展露出自己内心深处最真挚的感情。大致翻阅了一下朋友写的诗，几乎都是有感而发，是内心最真情的流露，没有一首是应景之作，或是命题作文。所有的诗，甚至可以说每一个字，都来自于作者的内心。这也使得朋友的诗看上去写得很随意，在语言上甚至几近口语化，但在简单的文字背景后面，却深藏着作者最深沉的爱。

比如：《生命是一条河》《雪》《你的秀发》《怀旧》《忧郁的眼神》《想你的时候》《渴望》等，那种完全奔泻于内心的文字，极少创作的雕琢，看上去是那样的清新自然。我甚至认为，他的许多诗歌有着仓央嘉措情歌的神韵，这也正是他崇尚自然、崇尚爱的结果。

以上这些话，都是与朋友东珠瑙布多年的交往以及从他的人品和阅读、聆听他的作品之后所得出的一些粗浅的看法。

东珠瑙布作为第一个同时出版诗歌、音乐、摄影三个不同艺术领域的三部作品的作者，我向朋友表达最真挚的敬意和钦佩。也希望朋友一如既往，用自己的天分，也用自己的执著，还有那份随性，在艺术的天空中自由翱翔。

（作者系著名诗人、作家）

跋四

东珠瑙布的人格魅力

扎西达杰

东珠瑙布是一个非常优秀的藏族青年，我在生活和工作当中，接触过东珠瑙布的许多作品，我们可以从很多角度去体味他的作品，而对于我来讲感受最深的就是东珠瑙布先生作品中放射出来的人格魅力。从这一方面，我有以下几个感受：

第一他的作品反映了多彩的人生。东珠瑙布先生虽然比较年轻但是经历还是比较曲折的，确实经历过一些磨难，但却始终以非常积极的态度面对人生，以昂扬、乐观的精神为我们绘画出色彩斑斓的人生图画，给了我们许多鼓舞、力量、启迪和美感。

第二是东珠瑙布的作品投射着非常质朴的秉性。他在诸如生活、经济都不富裕且面对很多磨难的情况下，还能够非常执著地热爱生活、反映生活，非常执著地去追求文学艺术的人生梦想。他毕竟不是职业作家，他只是在从事公务之余，利用点点滴滴的业余时间不懈地去实现他的人生价值，这种精神是非常难能可贵的，是非常值得我们学习的。

第三是在他的作品里反映了丰富的情感。东珠瑙布本身就是一个情感极其丰富的人，他的作品又反映了他生动的情感历程，给了我们无比美妙的情感享受。

第四是东珠瑙布的作品赋予了质朴的表白。他的作品不求花哨与华丽，不造作，非常亲切感人。

第五是东珠瑙布先生的作品展示了一种高雅的格调，脱离了低级趣味，不庸俗、不落窠臼，具有一定的励志与教育意义，极富责任感。

第六是东珠瑙布先生富有很强的奉献精神，他的作品寄予了真挚的情感，散发着坚定的生命气息，闪耀着一种颇具魅力的人格光芒。

（作者系著名作曲家）

图书在版编目（CIP）数据

东珠瑙布诗文集 / 东珠瑙布 著.-- 北京 ：作家出版社，2016.7

（康巴作家群书系. 第四辑）

ISBN 978-7-5063-8969-3

Ⅰ．①东… Ⅱ．①东… Ⅲ．①中国文学 – 当代文学 – 作品综合集 Ⅳ．①I217.2

中国版本图书馆CIP数据核字（2016）第137584号

东珠瑙布诗文集

作　　者：东珠瑙布
责任编辑：那　耘 李亚梓 张　婷
装帧设计：翟跃飞
出版发行：作家出版社
社　　址：北京农展馆南里10号　　　　邮　　编：100125
电话传真：86-10-65930756（出版发行部）
　　　　　86-10-65004079（总编室）
　　　　　86-10-65015116（邮购部）
E-mail:zuojia@zuojia.net.cn
http://www.haozuojia.com（作家在线）
印　　刷：三河市华业印务有限公司
成品尺寸：152×230
字　　数：263千
印　　张：22
版　　次：2016年7月第1版
印　　次：2016年7月第1次印刷
ISBN　978-7-5063-8969-3
定　　价：35.00元